हिन्द पॉकेट बुक्स

हमारी विरासत

डॉ॰ सर्वेपल्लि राधाकृष्णन् भारत के प्रथम उप-राष्ट्रपति (1952 - 1962) और द्वितीय राष्ट्रपति रहे। वे भारतीय संस्कृति के संवाहक, प्रख्यात शिक्षाविद, महान दार्शनिक, एक महान लेखक और एक आस्थावान हिन्दू विचारक थे। उनके इन्हीं गुणों के कारण सन् 1954 में भारत सरकार ने उन्हें सर्वोच्च सम्मान भारत रत्न से अलंकृत किया था। उनका जन्मदिन (5 सितम्बर) भारत में शिक्षक दिवस के रूप में मनाया जाता है।

हमारी विरासत

डॉ० राधाकृष्णन्

हिन्द पॉकेट बुक्स
पेंगुइन रैंडम हाउस इम्प्रिंट

हिन्द पॉकेट बुक्स

यूएसए। कनाडा। यूके। आयरलैंड। ऑस्ट्रेलिया। सिंगापुर
न्यू ज़ीलैंड। भारत। दक्षिण अफ्रीका। चीन

हिन्द पॉकेट बुक्स, पेंगुइन रैंडम हाउस ग्रुप ऑफ़ कम्पनीज़ का हिस्सा है,
जिसका पता global.penguinrandomhouse.com पर मिलेगा

पेंगुइन रैंडम हाउस इंडिया प्रा. लि.,
चौथी मंजिल, कैपिटल टावर -1, एम जी रोड,
गुड़गांव 122 002, हरियाणा, भारत

पेंगुइन
रैंडम हाउस
इंडिया

प्रथम संस्करण हिन्द पॉकेट बुक्स द्वारा 1987 में प्रकाशित
यह संस्करण हिन्द पॉकेट बुक्स में पेंगुइन रैंडम हाउस द्वारा 2022 में प्रकाशित

10 9 8 7 6 5 4 3 2

ISBN 9789353497378

मुद्रकः रेप्रो इंडिया लिमिटेड

www.penguin.co.in

FSC www.fsc.org MIX Paper from responsible sources FSC® C047271

This is a legitimate digitally printed version of the book and therefore might not
have certain extra finishing on the cover.

क्रम

हमारी विरासत 7
मानवता की विरासत 13
संस्कृत की विरासत 26
महाभारत और भगवद्गीता 33
शंकराचार्य 43
बुद्ध 53
रामकृष्ण और विवेकानन्द 62
महात्मा गांधी 80
जवाहरलाल नेहरू 96

□

1

हमारी विरासत

अलग-अलग धर्मों को मानने वाले, अलग-अलग भाषाओं को बोलने वाले और अलग-अलग जातिमूलों के 44 करोड़ मनुष्य आज भारत में रहते हैं। सरकारी सत्ता के हस्तांतरण के समय हमारे आलोचकों द्वारा की गयी एक कल्पना के विपरीत आज हम मज़बूत प्रशासन के अधीन मिल-जुलकर रहते हैं, और इन तमाम वर्षों में हमने इसकी प्रशासनिक एकता को बनाये रखा है जबकि लगभग इसी समय में अपेक्षाकृत हमसे छोटे देश आपसी झगड़ो और मतभेदों के कारण टकड़ों में बंटते रहे हैं। इन आलोचकों ने हमें कहा था कि आज़ादी के तुरन्त बाद भारत टुकड़ों में बंट जाएगा, भारतीय राज्य विद्रोह कर देंगे, कानून की सत्ता को कोई नहीं मानेगा, सम्पत्ति और जीवन की सुरक्षा नहीं होगी, स्त्रियों का सम्मान और धन असुरक्षित हो जाएंगे।

भारत को आज़ादी मिलने से पहले लोगों में इस प्रकार की आशंका और भय था। भारत की आज़ादी से खिन्न हुए इन आलोचकों को स्वतंत्रता-प्राप्ति के बाद घटी घटनाओं ने पूरी तरह निराश कर दिया। आज इस विशाल जनसंख्या वाले देश की यह एकता किसी प्रकार के बल प्रयोग या तानाशाही के दबाव से नहीं बल्कि उनके लोकतांत्रिक विचारों के कारण ही संभव हो सकी है। इन्हीं विचारों की बदौलत व्यक्ति का स्वातन्त्र्य अक्षुण्ण रखा जा सकता है। इसमें व्यक्ति को कमज़ोर या निर्बल बनाने की कोई आकांक्षा नहीं है।

विश्व के सभी धर्मों के अनुयायी यहां रहते हैं। हिन्दू, मुसलमान ईसाई, यहूदी, पारसी आदि सभी धर्मों के लोग भारत के नागरिक हैं। सभी लोग शान्ति और भाईचारे के साथ रहते हैं। इसका श्रेय इस देश की परंपरा को है। यहूदी हमारे यहां तब आए, जब पहली शताब्दी में येरुसलम के मन्दिरों को नष्ट किया गया। ईसाइयों का आगमन ईसाई युग की आरंभिक शताब्दियों में हुआ। इस्लाम द्वारा ईरान पर अधिकार किए जाने के बाद पारसी लोग यहां आए और मुसलमान सातवीं और आठवीं शताब्दियों में यहां आये और तब से यहां पर ही रहते आ रहे हैं।

हमारे देश के धर्मों की यह परम्परा रही है कि उनमें दर्शन, सिद्धान्त या रूढ़िगत आचार से ज्यादा महत्त्व विश्व के रहस्यमय अन्तिम तत्त्व को खोजने में मनुष्य द्वारा किये जाने वाले तात्त्विक प्रयत्नों को दिया जाता है। ये सभी मत और मन्तव्य, आचार और संस्कार साधनमात्र हैं, जो ईश्वर का साक्षात्कार करने में व्यक्ति की सहायता करते हैं। सेंट पाल ने ठीक ही कहा है कि ईश्वर तक पहुंचने के लिए बनाए गए रास्तों पर चलते हुए ऐसा मालूम होता है, मानो धुंधले शीशे में से कुछ नज़र आ रहा हो, लेकिन जैसे ही हम इससे निकलकर बाहर आते हैं तो हम ईश्वर के आमने-सामने हो जाते हैं। रास्ते अलग-अलग हो सकते हैं, लेकिन एक बार चोटी पर पहुंचने पर हम एक ऐसे आध्यात्मिक धरातल को पा लेते हैं जो सभी रहस्यवादियों और पैगम्बरों के लिए समान होता है चाहे वे किसी भी दिशा से वहां पर पहुंचे हों। चाहे तुम हिन्दू हो, मुसलमान हो या ईसाई हो, तुम्हारे मतभेद दृष्टिकोण या नामों के बारे में ही होते हैं, लेकिन एक बार जब तुम्हारी धार्मिक खोज पूरी हो गयी, तुम अपने व्यक्तित्व की पूर्णता के लक्ष्य पर पहुंच गये, किसी भी धर्म का अनुयायी होने के बावजूद तुम्हारे व्यक्तित्व में समन्वय स्थापित हो गया तो तुम ऐसा महसूस करोगे कि तुम सब एक ही परिवार के सदस्य हो।

पिछली तीस या चालीस शताब्दियों से हमारी यही परम्परा रही है। जैसे-जैसे नये धर्म आये, हमने अपने इसी रवैये को बनाये रखा। यही कारण है कि बम्बई की एक ही सड़क पर मस्जिद, चर्च, अगियारी और यहूदियों के पूजागृह एक-दूसरे के साथ शांतिपूर्ण सहयोग करते हुए हमें दिखाई पड़ते

हैं। स्वर्गीय पोप के निमन्त्रण पर स्वयं मुझे भी बम्बई में मैरियन कांग्रेस का उद्घाटन करने का सौभाग्य मिला था। हिन्दू मन्दिरों, बौद्ध मठों, यहूदी जमघटों और सिक्खों के गुरुद्वारों में मैंने भाषण दिये हैं, लेकिन कहीं भी मुझे अपनी बौद्धिक चेतना से समझौता नहीं करना पड़ा या अपने आध्यात्मिक विश्वासों को आघात पहुंचाने के लिए बाध्य नहीं होना पड़ा।

जब कभी राजनीति का दखल होता है तब धार्मिक मतभेद ज़रूर अपना सिर उठा लेते हैं। अन्यथा हमारा देश ऐसा है जहां सभी धर्मों का स्वागत है, उन्हें केवल बर्दाश्त ही नहीं किया जाता बल्कि अन्य धर्मों और उनके सच्चे अनुयायियों की सराहना भी की जाती है। धर्म के एक खास तत्त्व पर हमारे देश में हमेशा ज़ोर दिया जाता रहा है। धर्म महज़ सैद्धांतिक समानता या आचार-व्यवहार की पवित्रता का सूचक ही न होकर मनुष्य द्वारा ईश्वर को व्यक्तिगत स्तर पर खोजने का एक साधन भी है। कुछ लोग ऊपरी सतह पर धार्मिक होते हैं लेकिन कुछ अन्य ऐसे भी होते हैं जिनके जीवन में धर्म का गहरा प्रभाव होता है। ऐसे लोग ही वास्तविकता का स्पर्श कर पाते हैं और उन्हें परम सत्य की ऐसी अनुभूति हो जाती है जिससे उनके जीवन और कार्य एक ज्वलन्त ज्योति के रूप में परिणित हो जाते हैं जो उनकी निम्न स्तर की समग्र वासनाओं को दग्ध कर देती है। ऐसे लोगों की संख्या बहुत कम होती है और बहुत ज्यादा लोगों के लिए ऐसा कर पाना सम्भव भी नहीं होता। चूंकि हमारा यह विचार था कि धर्म अन्तिम सत्य तक पहुंचने के लिए एक प्रकार की व्यक्तिगत अंतर्दृष्टि है है; इसलिए हमने न तो अनिवार्य रूप से उस सर्वोच्च शक्ति तक पहुंचने के किसी ऐकांतिक तरीके पर ज़ोर दिया और न ही उसके सम्बोधनवाचक नामों पर। इस बात को हमने बहुत पहले ही समझ लिया था। अशोक ने अपने एक शिलालेख में कहा था :

"धर्म को लेकर मत झगड़ो, समझौते की ही सराहना करो। यह मत समझो कि तुमने पूर्ण सत्य पर अधिकार कर लिया है, किसी भी धर्म का सत्य पर एकाधिकार नहीं है; तुम्हें उस ईश्वर को जानने की कोशिश करनी चाहिए जो विभिन्न धार्मिक मार्गों और विभिन्न लोकोत्तर व्यक्तियों

में अभिव्यक्त सभी दिव्यताओं से ऊपर है।"

इस रूप में हम धर्म को मानते हैं और इसका यही रूप हमारे संविधान में स्वीकार किया गया है। इसमें हमें कहा गया है कि भारत का प्रत्येक नागरिक तब तक अपने धर्म की शिक्षा देने, मानने और प्रचार करने के लिए स्वतन्त्र है जब तक वह अन्य लोगों के विश्वासों को आघात नहीं पहुंचाता।

जब तुम इस देश की भाषाओं की ओर नज़र दौड़ाओगे तो तुम पाओगे कि इस देश के अलग-अलग हिस्सों में लगभग 14 भाषाएं बोली जाती हैं। लेकिन भारत के सभी लोग मिल-जुलकर रहते हैं। संसद् ने यह निर्णय किया है कि हिन्दी देश की राजभाषा होगी और जब तक संसद् द्वारा संशोधन न किया जाय, अंग्रेजी वैकल्पिक राजभाषा के रूप में कार्य करती रहेगी। यह वह सूत्र है जिसमें अलग-अलग भाषाओं को बोलने वाले लोग परस्पर बंधे रहते हैं। भय था कि प्रान्तों के भाषावार पुनर्गठन से देश की एकता छिन्न-भिन्न हो जाएगी, लेकिन ऐसा नहीं हुआ। 600 अलग-अलग भारतीय राज्यों का, जो स्वतन्त्र थे और जो अपना प्रशासन भी स्वयं ही चलाते थे, विलय इस देश में हो चुका है।

हमने खेती-सम्बन्धी कानून बनाया जिसके अनुसार ज़मींदारी प्रथा का उन्मूलन किया गया और खेतिहरों को यह अधिकार दिया गया कि उनके द्वारा उगाई गई फसलें उनकी ही रहेंगी। मुझे 1950 में स्टालिन से हुई मुलाकात की एक बात याद आ रही है। उन्होंने कहा था, "हमने ज़मींदारी प्रथा का उन्मूलन कर दिया है लेकिन बिना बलप्रयोग के यह संभव न हो सका। तुम भाग्यशाली हो।" हमने किसी से ज़बर्दस्ती न करनी चाही। हमने लोकतांत्रिक संस्थाओं के ढांचे में ही अपने साधारण स्तर के समाज में परिवर्तन लाने की कोशिश की। आर्थिक तंगियों की हालत में न तो तुम्हारे पास नैतिक दर्शन होगा और न ही तुम्हारा आध्यात्मिक विकास होगा। मैंने अनुभव किया है कि जहां-जहां भी विश्व में क्रांतियां हुई हैं, उन सबके मूल में यही बातें रही है। सोवियत क्रांति में देखिए, क्या हुआ—एक निरंकुश सरकार थी, जिसने सभी लोगों को गड्ढे में धकेल दिया था, भ्रष्टाचार में डूबी चर्च थी, सभी तरफ पराजय थी, आर्थिक तंगी थी, लोग

मक्खियों की तरह मर रहे थे। ऐसे में लोगों ने किसी भी सूरत में तुरन्त परिवर्तन चाहा। सचमुच ये हालात ऐसे थे जिन्हें कभी कोई भी बर्दाश्त नहीं कर सकता था। चीन, मिस्र आदि देशों की क्रांतियों में या अन्य किसी क्रान्ति के मूल में भी यही तत्व थे—स्वार्थी नेतृत्व, बेईमान प्रशासन, आर्थिक तंगी और किसी भी राष्ट्रीय आदर्श का अभाव। ऐसी हालतों में कभी स्वस्थ, सन्तोषी समाज की स्थापना नहीं हो सकती। उसका ढांचा हमेशा ढुलमुल ही रहेगा।

चूंकि हमारा एक लक्ष्य था, हमारा नेतृत्व कुशल हाथों में था और एक सीमा तक ईमानदार प्रशासन हमारे पास था, इसलिए हम अपने देश में स्थिरता और एकता को बनाये रखने में कामयाब हुए। यदि कहीं बेईमानी होती है तो बहुत शोरशराबा होता है; हम आवाज़ उठाते हैं और कहते हैं कि इसे जड़ से ही खत्म कर देना चाहिए। तुम अमीरी और गरीबी के बीच भारी खाई नहीं रख सकते—एक तरफ इतने सारे लोग विलासमय जीवन जी रहे हों और दूसरी तरफ लोग कीचड़ से भरे झोंपड़ी में ज़िन्दगी बिता रहे हों, यह एक प्रकार का दर्दनाक यथार्थ है, जो हरेक सुसंस्कृत और विचारशील व्यक्ति के मर्म को छूता है। यदि आदमी में किसी भी प्रकार की करुणा या चेतना का अंश शेष है तो वह कभी भी इस बात को बर्दाश्त नहीं कर सकता कि गिनती के समृद्ध लोगों और तकलीफ झेलने वाले लाखों लोगों के बीच इतनी बड़ी खाई बनी रहे। ये बातें हैं जिन्हें हम अपने सामर्थ्य के अनुसार अपने साधारण से साधारण लोगों के दिमाग में भी बिठाने की कोशिश कर रहे हैं। हम उनमें साहस, सहानुभूति और परस्पर सम्मान की भावना पैदा करना चाहते हैं; हम उन्हें यह महसूस करा देना चाहते हैं कि हम इस संसार में पैदा हुए हैं प्यार और निर्माण के लिए, न कि नफरत और विनाश के लिए। यदि हम इस विवेक को जंगाने में समर्थ हो जाते हैं और उन्हें यह महसूस करा देते हैं कि यदि अनेक शताब्दियों से इस देश पर होने वाले अनेक हमलों के बावजूद हमारा देश चार या पांच सहस्राब्दियों से ज़िन्दा है तो एक विशिष्ट विचारधारा के कारण ही इसका अस्तित्व स्थिर रहा है। हम उन्हें महसूस करा देना चाहते हैं कि हम आज भी ज़िन्दा हैं, शक्तिशाली हैं,अभी भी आगे की ओर

देखने वाले हैं, अपने वर्तमान से असन्तुष्ट हैं। हम केवल अतीत की उपासना में ही नहीं लगे हैं बल्कि हमारी नज़रें भविष्य की ओर लगी हुई हैं। जब तक इस प्रकार के विचार हमारे मस्तिष्क में हैं तब तक सिर्फ हमारे देश का ही नहीं, बल्कि इस प्रकार के विचार रखने वाले किसी भी देश का भविष्य सुरक्षित है।

2

मानवता की विरासत

हमारे यहां सुकरात और एक भारतीय अभ्यागत की मुलाकात की एक कहानी मिलती है, जिसे अरिस्टोक्जेनस ने लिखा है और यूसेवियस ने चर्च से संबंधित अपने इतिहास में दोहराया है। जैसे ही भारतीय अभ्यागत को मालूम हुआ कि सुकरात मनुष्य के व्यक्तित्व के विकास में रुचि रखते हैं, उन्होंने कहा कि मनुष्य के व्यक्तित्व की पूर्णता उसके आध्यात्मिक विकास की ओर पर्याप्त ध्यान दिये बिना नहीं हो सकती। इसी कारण, आध्यात्मिक अनुभूति के द्वारा ही धर्म-निरपेक्ष मानवतावाद का अभ्युदय संभव हो सकता है।

इस संदर्भ में हमें सिकंदर और दंडामिस के बीच हुए वार्तालाप का विवरण भी लिखा हुआ मिलता है। इसे लिखा था पैलाडियस ने और चौथी शताब्दी में लैटिन में अनुवाद किया था सेंट एटंब्रोसे ने। सिकन्दर एक भारतीय बिचारक के जीवन की साधना और उसकी दार्शनिक प्रतिभा की गरिमा को देखकर स्तंभित हो गए थे। भारतीय विचारक ने सिकंदर को बताया कि स्वाभाविक इच्छाएं तो भौतिक साधनों से आसानी से मिट जाती है, जैसे प्यास जल से और भूख अन्न से, लेकिन संग्रह की इच्छा कृतिम है; यह इच्छा कहीं नहीं रुकती और कभी नही मिटती। "प्यास एक स्वाभाविक इच्छा होने के कारण, यदि तुम पानी पीते हो तो वह तृप्त हो जाती है। तुम भूखे हो तो तुम्हारी इच्छा भोजन मिल जाने के बाद समाप्त हो जाती है। स्वर्ण प्राप्त करने की इच्छा भी यवि उसी स्वाभाविक स्तर की होती तो निस्संदेह, इच्छित वस्तु की प्राप्ति के बाद, उसकी भी निवृत्ति हो

जाती। इसके विपरीत, यह प्यास ऐसी है; जो नये सिरे से जाग उठती है; वासना कभी नहीं मिटती और इस प्रकार मनुष्य की इच्छा का कोई अन्त नहीं होता। कारण यह है कि इस इच्छा का आधान प्रकृति द्वारा नहीं किया गया है।"[1]

मनु इसी को सार रूप में लिखते हुए कहते हैं :

न जातु कामः कामानामुपभोगेन शाम्यति।
हविषा कृष्णवर्त्मेय भूय एवाभिव्रर्धते।[2]

इच्छा प्राप्ति के साधनों के उपभोग से इच्छा कभी नहीं मिटती; जिस प्रकार आग में जितना भी ईंधन डालो, वह बढ़ती ही जाती है, उसी प्रकार यह इच्छा भी अधिकाधिक होती है।

इससे सिकन्दर ने अपने इस विचार को दिमाग से निकाल दिया कि गैर-यूनानी लोग ज़ंगली हैं और ये लोग केवल गुलाम होने के लिए ही पैदा हुए हैं। प्रतिभा और गुणों से सम्पन्न सभी व्यक्ति एक ही परिवार के सदस्य हैं। प्लूटार्क कहते हैं कि सिकन्दर ने लोगों के जीवन, चरित्र, विवाहों और अपनी-अपनी आदतों की विभिन्नता के बावजूद सभी लोगों को सभी स्थानों पर एक महान स्नेहसूत्र में पिरोया। उसने सारे संसार को ही अपनी पितृभूमि के रूप में देखा। सब अच्छे व्यक्ति एक ही परिवार के सदस्य हैं। केवल दुर्जन-दुष्ट ही विदेशी हैं। सिकन्दर ने सारी मानवता को मिलाकर एक करने का पवित्र संकल्प किया था। मिस्र में, ईरान में, उत्तर-पश्चिमी भारत में—इन सभी जगहों पर उसने पूर्व विशाल सभ्यता के प्रभाव की महसूस किया और उन्हें भी यूनानी सभ्यता की तरह भारी विरासत का उत्तराधिकारी पाया। अपनी मृत्यु से कुछ समय पूर्व सिकन्दर ने महायुद्ध की समाप्ति पर एक भोज का आयोजन किया और उसमें 1000 यूनानी और गैर-यूनानी व्यक्तियों को निमंत्रित किया। भोज के अन्त में, उसने विश्व के सभी लोगों के लिए शान्ति की ओर मैत्री तथा एकता में जीवन

---

1. ब्रह्म कथा (ईटी), एम० वी० यांकोवकी, पृष्ठ० 21-23
2. मनु II, 94

यापन करते हुए उनकी आपसी सहभागिता की प्रार्थना की। मस्तिष्क और हृदय की एकता पर ही सारा संसार आधारित होना चाहिए।

यही कार्य आज हमारे सामने है : मनुष्य के गौरव और लोगों के भाई-चारे की उदात्त भावना से सारा संसार सिमटकर एक हो जाना चाहिए। हाल ही में किए गए पूर्व की पुरातन सभ्यताओं के अध्ययन से इस प्रक्रिया में तेजी आ गयी है। सर विलियम जोन्स ने, जो 1784 में कलकत्ता सर्वोच्च न्यायालय के न्यायाधीश थे, पूर्वीय सभ्यताओं के अध्ययन में एक क्रांति ला दी थी। वह स्वयं अरबी, फारसी और संस्कृत के विद्यार्थी थे। उन्होंने अनेक यूरोपीय भाषाओं की संस्कृत से समानता को प्रमाणित किया। संस्कृत से योरोपीय भाषाओं की समानता होने से यह संकेत मिलता है कि आर्थिक संगठन, धार्मिक विचार और सामाजिक ढांचे के विषय में विभिन्न लोगों के बीच किस हद तक समन्वय हुआ था। प्रोफेसर गार्डन शाइल्ड लिखते हैं :

यह कहना मूर्खतापूर्ण होगा कि कोई दो जातियां—उदाहरण के लिए यूनान और भारत—विकास के समान स्तर पर पहुंचते हुए और पर्याप्त रूप से असम्बद्ध भाषाओं को बोलते हुए अचानक ही 'फादर', 'फॉल' और 'फाइव' जैसे समान शब्दों के निकट आएं और समान रूप में ही उनका प्रयोग शुरू कर दें जैसे कि वैदिक युग के भारतीयों और होमरिक युग के यूनानियों ने प्रत्यक्षतः किया। यह आदिम सस्कृति के विकास का वह चरण होगा, जहां बहुत-से लोग काफी नज़दीक रहकर ज़िन्दगी बसर करते हुए और विचार-विनिमय करते हुए एक साथ पहुंचे होंगे।[1]

इन समानताओं से पता चलता है कि प्राचीन यूनानी और वैदिक भारतीय—इन दो जातियों का आपसी सम्बन्ध रहा होगा। हालांकि उनके पास उस युग की ज़रा भी स्मृति शेष नहीं रही और दोनों क्षेत्रों के फारसी साम्राज्य के अंग बनने पर वे अजनबियों की तरह ही आपस में मिले।

विज्ञान के आविष्कारों और तकनीकी ज्ञान की खोज से आज संसार के सभी लोग बहुत नज़दीक आ गये हैं। यातायात और संचार साधनों से

---

1. द यूरोपियन इनहैरिटैंस (1954), खंड 1, पृ० 84

संस्कृतियों, जातियों और धर्मों का संगम हो गया है। आज के सन्दर्भ में सिर्फ एक ही दृष्टि अपनायी जा सकती है और वह दृष्टि अलगाव की न होकर व्यापकता, असहष्णुता की न होकर सामंजस्य की और घृणा तथा संकीर्णता की न होकर सभी मूल्यवान् बातों को ग्रहण करने और उन्हें अपनाने की होनी चाहिए।

विभिन्न समुदायों में बंटे होते हुए भी सम्पूर्ण मानव-समाज का आधार एक ही है। यह समाज अपनी बुनियादी एकता या समानता को फिर से हासिल करने में और विभिन्न संस्कृतियों में समझौता करा देने की कोशिश में जुटा हुआ है। इस नवीन और एकताभिमुख संसार का इतिहास अपने आयाम में विस्तृत और लक्ष्य में गरिमामय होगा।

विश्व के अनेक विचारक भारतीय विचारधारा से प्रभावित हुए हैं। इनमें उल्लेखनीय हैं; जर्मनी के शोपेन हाबर, पॉल ड्यूसन और किसलिंग; चेकोस्लोवाकिया के प्रोफेसर विंटरनिट्ज और प्रोफेसर लेस्नी; अमेरिका के इमर्सन, थॉरो, ह्विटियर; फ्रांस के सिल्वायन लेवी; सोवियत संघ के शर्बात्स्की; ब्रिटेन के कोलब्रुक, कॉडबेल, हॉजसन, मैकडोनल और थॉमस और आयरलैंड के योट्स और ए० ई० हाउसमैन सदृश प्रतिभाशाली साहित्यकार।

हम आज धार्मिक विश्वास के प्रति अनास्था और विरासत में प्राप्त पारंपरिक मूल्यों के विखंडन के युग में जी रहे हैं।। संक्रमणकाल के सभी युग अनास्था और पुनर्नवीकरण के युग होते हैं। विज्ञान और नैतिक मानवतावाद के प्रभाव में पले हुए व्यक्ति आप्तवाक्य के रूप में कुछ भी स्वीकार करने के लिए तैयार नहीं होते। फलस्वरूप विश्व के अनेक भागों में लोग अपने पारम्परिक धार्मिक विश्वासों को छोड़ रहे हैं। ऐसी स्थिति में वे मूल्य, जिनकी बदौलत यह देश आज ज़िन्दा है, सामयिक हो सकते हैं भारतीय परम्परा में रूढ़िगत विश्वास या आप्तप्रमाण के रूप में कुछ स्वीकार करने का आग्रह नहीं किया गया है बल्कि हर चीज़ की परीक्षा स्वानुभव से करने का आदेश है। धर्म को परब्रह्म के सीधे साक्षात्कार के रूप में स्वीकार किया गया है और पदार्थों की रहस्यमयता एवं अस्तित्व की अर्थवत्ता परखने की अंतर्दृष्टि के रूप में माना गया है। यह दिव्य शक्ति की

अनुभूति या सस्पर्श से सम्बद्ध है। बौद्धों के अनुसार, यह जागरण की अवस्था है, ईसाइयों के अनुसार वह चेतना का परिवर्तन है। जैसे ही धर्म की यह प्रामाणिक दृष्टि हम प्राप्त कर लेते हैं, जिसे हम अपने अस्तित्व की धमनियों में महसूस करने लगते हैं, तो हमें पता लगता है कि जिन्होंने इस दृष्टि को प्राप्त किया है, वे एक आध्यात्मिक साम्राज्य के शिखर पर पहुंच जाते हैं। यह अनुभव अवर्णनीय है : परब्रह्म को तार्फिक प्रस्तावनाओं या भाषा के प्रतीकों से अभिव्यक्ति नहीं किया जा सकता। इसलिए इसके विभिन्न चरणों को लोकोत्तर सत्य, गुह्यतम आत्मा या विश्व के अधिष्ठाता के रूप में वर्णित किया जाता है :

ब्रह्मेति परमात्मेति भगवानिन्ति शब्दयते।

भगवान् सभी देवों से ऊपर हैं—देवाधिदेवः। हम उस ईश्वर को अपनी आत्मा की गहराइयों में खोजेंगे। इसलिए वह परमात्मा है। इसकी पूजा भी विश्व के विधाता के रूप में की जाती है। 'मैं' और 'तू' की भावना विश्व में द्वैत की भावना है। द्वैत को यह प्रतीति परस्पर-विरोधी अभिव्यक्ति नहीं करती , बल्कि ब्रह्म के अस्तित्व के विभिन्न क्रमों को ही अभिव्यक्ति करती है। आदमी चाहे पूर्व का हो या पश्चिम का, इस धर्म का अनुयायी हो या उस धर्म का, वह ईश्वर के एक ही परिवार का अंग है; दिव्य शक्ति की उज्ज्वल आभा से जब हमारा सामना होता है तो वे सभी भिन्न मार्ग और नाम अपना महत्त्व खो बैठते हैं। जब हम उस दिव्य ज्वाला का स्पर्श करते हैं तो विभिन्न धर्मों के संगठनों के प्रति एक उदार सौहार्द की भावना हममें पैदा होती है। हमारे हृदय में दूसरे मनुष्य की गुह्यतम आत्मा के प्रति हमेशा सम्मान का भाव बना रहता है। दूसरे मनुष्य की आत्मा में दिव्य शक्ति का निवास होता है। धर्म हमें यह मानने को बाध्य करता है कि मनुष्य में आध्यात्मिक शक्ति के अस्तित्व की सम्भावनाएं हैं, और वह उन सभी मनुष्य-निर्मित भेदसूचक संस्थाओं के प्रति जिन्होंने मनुष्य को बांधा हुआ है, और साथ ही गुलामी की जंज़ीरों के प्रति भी अरुचि पैदा करता है। एक सच्चा धार्मिक व्यक्ति अपना जीवन अभागे, अविकसित, मूर्ख, गरीब और निराश्रित लोगों की सेवा में व्यतीत करेगा। हिन्दू, बौद्ध, जैन और सिख—भारतीय परम्पराओं के अनुसार जो व्यक्ति अपनी आत्मा

को जीतता है, वह उस व्यक्ति की तुलगा में बड़ा विजेता है जो हजारों बार हज़ारों व्यक्तियों को युद्ध में जीतता है। धर्भ ने वैराग्य पर जो इतना ज़ोर दिया है, वह निषेधात्मक दृष्टि का परिचायक नहीं है। यह वह दृष्टि है, जिससे व्यक्ति सांसारिक कार्यों में रचनात्मक ढंग से भाग लेता है। यदि ईश्वर इस संसार का स्रष्टा है तो हम उसकी प्रकृति के निर्माण में योगदान करते हैं। दिव्य शक्ति के साथ-साथ हम भी सहयोगी स्रष्टा हैं। हमारा कर्तव्य यह नहीं है कि हम काल से डरकर भागें बल्कि हमारा कर्तव्य यह है कि काल के मुकाबले में अपनी श्रेष्ठता को प्रमाणित करें। यह धारणा है उन मनुष्यों द्वारा संसार से मुक्ति पाने की, जिनके हृदय प्रेम के स्पर्श से स्वतन्त्र हो चुके हैं। हिन्दू और बौद्ध शास्त्रों का मूल विषय ही हमेशा सर्व-मुक्ति रहा है। हिन्दू और बौद्ध दोनों ही विचारक इस बात से सहमत हैं कि हमें क्रोध को प्रेम से, बुराई को अच्छाई से, लालच को उदारता से और झूठ को सच्चाई से जीतना चाहिए। इस प्रकार का धर्म बौद्धिक, नैतिक और आध्यात्मिक होता है और इसका सार सभी मनुष्यों में पाया जाता है। यह सोचना गलत होगा कि विचारक और आध्यात्मिक लोग जुदा-जुदा होते हैं।

प्रत्येक धर्म को आध्यात्मिक खोज के इस महान् गुण को अपने में धारण करना होगा, वरना वह नष्ट हो जाएगा , यही वह धर्म है, जिसे आज की स्थिति में स्वीकार किया जा सकता है।

आज सारा संसार एक विश्व समुदाय के विकास के लिए उत्सुक है। इस समुदाय की बुनियाद विचारसाम्य या एकरूपता के बजाय एकता और मेल-मिलाप की भावना पर होगी। हमें इस बात का स्मरण रखना होगा कि विश्व के बड़े-बड़े विचारक यह मानते रहे हैं कि सभी मनुष्य आपस में भाई-भाई हैं और उनमें विभिन्नताएं हैं, लेकिन इन विभिन्नताओं को मिटाने के बजाय परस्पर सद्भाव के द्वारा उन्हें बनाए रखने की कोशिश हमें करनी है। हमें दूसरे लोगों की आस्थाओं और अनुभवों से सीखना है। हमें यह महसूस करना है कि राष्ट्रों के आपसी झगड़े युद्धों से नहीं सुलझाये जा सकते; क्योंकि युद्ध अपनी प्रकृति से ही विनाशक हैं आधुनिक युद्ध में न तो कोई हारता है न जीतता है, न ही उसे कुछ हासिल होता है और न ही वह

कुछ खोता है। आवश्यकता इस बात की है कि मनुष्य की अन्तर्निहित एकता और उसके विभिन्न बाह्य रूपों को समझते हुए आपसी समझौते की कोशिश की जाय। सिर्फ अपनी राजनीतिक मूर्खता और विचारधारा के प्रति अपनी हठधर्मिता की वजह से हम सारे संसार का विनाश कर डालेगे। हमें सारी मानव जाति के प्रति वफादारी का पाठ सीखना है। आज के विश्व में किसी राष्ट्र-विशेष, दल-विशेष या सम्प्रदाय-विशेष के प्रति वफादारी निभाना काफी नहीं है।

कला, साहित्य और संसार की विविध संस्कृतियों के विचारों के अन्वेषक, राजनीतिक नेताओं की अपेक्षा लोगों के मस्तिष्क और हृदयों के परिवर्तन करने में, राष्ट्रीय सीमाओं का ज्ञान न रखते हुए भी अपनी विद्वत्ता के प्रभाव से यदि वह वास्तविक ही नये संसार के निर्माण के कार्य के लिए आवश्यक विनम्रता और सहिष्णुता का भाव जगाने में, हर तरह की घृणा, असहिष्णुता और हठधर्मिता के प्रत्येक अवशिष्ट अंश को अपने अन्दर से बाहर निकाल फेंकने में, एक ऐसे महान् लक्ष्य की ओर अग्रसर होने में, जहा प्रत्येक मनुष्य, प्रत्येक जाति, प्रत्येक संस्कृति, प्रत्येक सम्प्रदाय के प्रति हमारे मन में सम्मान की भावना रहे, निर्णयात्मक भूमिका अदा करते हैं। दुनिया साहचर्य की भूखी है। ऋग्वेद से लेकर आज तक, इस देश की संस्कृति हमें मिल-जुलकर, समान आदर्शों और उद्देश्यों को प्राप्त करने का उपदेश देती रही हैं :

संगच्छध्वं संवदध्वं संवो मनांसि जानताम्।
समानो मन्त्रः समितिः समानी समानं मनः सहचित्तमेषाम्॥
समानि वः आकूतिः समाना हृदयानि वः।
समानमस्तु वो मनो यथा बः सुसहासति॥[1]
साथ-साथ चलो, साथ-साथ बोलो।
तुम्हारे मन परस्पर अनुकूल रहें॥
समान ही तुम्हारे कार्थ और तुम्हारी उपलब्धियां हों :
समान ही तुम्हारे विचार और संकल्प हों।

---

1. ऋग्वेद, 10,192

समान ही तुम्हारे हृदय की इच्छाएं हों।

इस प्रकार तुम सबमें समानता हो।

विदेशों में भारतीय संस्कृति का प्रभाव ईसापूर्व चौथी शताब्दी से कुछ पहले या बाद में फैलना शुरू हुआ। जब कभी कोई पूर्व में इंडोनेशिया, इंडोचीन, कंबोडिया या पूर्व अफ्रीका और दक्षिण अफ्रीका और स्थानों पर जाता है तो उसे हमारी संस्कृति के प्रभाव के अवशेष दिखाई पड़ते हैं। हमारी कभी भी यह राजनीतिक महत्त्वाकांक्षा नहीं रही कि हम इन राज्यों को जीतकर वहीं अपना शासन स्थापित करें। न ही आज हमारी कोई ऐसी आकांक्षा है। किन्तु हमारा सांस्कृतिक, साहित्यिक, कलात्मक और धार्मिक प्रभाव हमेशा बना रहा है। अनेक देश बौद्ध धर्म के अनुयायी हैं। बुद्ध की कहानी पर हर भारतीय को गर्व है। उन्होंने हमें बताया कि यदि हम तकलीफों से मुक्ति पाना चाहते हैं तो हमें अपने में प्रज्ञा और करुणा का विकास करना होगा।

प्रज्ञा मनुष्य के ज्ञान की गहराई है, जो उसे आध्यात्मिक अस्तित्व का बोध कराती है। करुणा का एक ऐसा गुण है, जो प्रज्ञा में ही समाहित है। यह करुणा सारी मानवता के लिए है। करुणा के लिए कभी हमने संकुचित सीमाओं का निर्माण नहीं किया। जब कभी कोई कहता है कि वह भारतीय है, फिर वह विदेश या भारत में कहीं भी क्यों न बसता हो, उसका सम्बन्ध भौगोलिक सीमाओं से न होकर इतिहास से होता है। भारतीयों की वह परम्पराएं कौन-सी हैं? कौन-से आदर्श हैं? हम क्यों ऐसा सोचते हैं कि भारत के आदर्शों में राष्ट्रों के आपसी झगड़े को मिटाने के कुछ उपाय हैं। यदि यह सवाल हमसे किये जाएं तो हमारे पास इनका सीधा उत्तर है : ये आदर्श जाति, अस्पृश्यता, विवाह के अलग-अलग ढंग या अलग-अलग विचार न होकर अभय, असंग और अहिंसा के महान् आदर्श हैं।

भय से मुक्ति का नाम है अभय। उपनिषद् में कहा है :

"असतो मा सद्गमय, तमसो मा ज्योतिर्गमय, मृत्योर्मा अमृतं गमय।"

यह संसार असत् है, अन्धकारपूर्ण है। मैं कैसे इस ससार से अपना पिंड छुड़ाऊं? यदि यह सारा संसार अन्धकारपूर्ण है, सभी कुछ यहां विनाशी या अनित्य है तो यहां रहते हुए मनुष्य की मुक्ति असंभव है। उपनिषद् के

विचारकों का कहना है कि एक चीज़ यहां पर सत् है और वही संसार को ऊंचा उठाती है; इससे हमें भय से मुक्ति मिलती है। यदि सब कुछ असत् है, यदि काल की क्रूरता अपराजेय है, यदि संहारक मृत्यु से बड़ी शक्ति यहां पर कोई नहीं है, तो सब कुछ नष्ट हो जायेगा, सभी सभ्यताएं और इतिहास के स्मारक मिट्टी में मिल जाएंगे। क्या यहां पर कुछ ऐसा भी है जो परिवर्तन के नियम से बचा हुआ हो? इसका उत्तर 'हां' में दिया गया है। और यह है सत् का बोध जो इस लौकिक जगत् में अन्तर्निहित है और हमें शांति प्रदान करता है और यह भावना हमें एक तरह की स्वतन्त्रता का अहसास कराती है।

बुद्ध ने बिल्कुल यही बात कही है। उन्होंने मृत, रोगी और वृद्ध को देखा और उन्हें वैराग्य हो गया। बुद्ध ने पूछा, "तुम कौन हो?" उत्तर मिला, "हे नरपुँगव! जन्ममृत्युभीतःश्रमणः प्रव्रजितोऽस्मि मोक्षहेतोः। जन्म और मृत्यु काल के वाचक हैं। उनसे डरकर मैं यह जानने के लिए आया हूं कि क्या इनसे छुटकारा मिल सकता है?" इसका जवाब बुद्ध ने दिया, "मैं संन्यासी हो जाऊंगा, मैं एक ऐसे मार्ग की खोज में निकलूंगा, जो मुझे काल के इस जगत् से निकालकर नित्यता के संसार में ले जाएगा"; और उन्होंने इसका नाम दिया निर्वाण। सभी ने कहा, "तुम परिश्रम के मार्ग पर चलो। यदि तुम्हें कभी इस बात का पता चल जाए कि वास्तविकता क्या है, तो तुम्हारे सम्मुख नरक के द्वार नहीं टिकेंगे।"

भय से मुक्ति अर्थात् अभय सिर्फ तभी संभव है जब हमें इस सारी लौकिक प्रक्रिया से अन्तर्निहित रहस्य का ज्ञान हो जाए। यह ज्ञान हो जाने पर इस संसार से भागने की आवश्यकता नहीं रह जाती। एकांत में सत्य के साक्षात्कार का अर्थ यह नहीं है कि हम लौकिक संसार से अपना सम्बन्ध न रखें। यह सम्बन्ध तो हमें बनाये ही रखना है लेकिन यह सम्बन्ध हमें अनासक्त होकर, असंग भाव से बनाना है। योगस्थः कुरु कर्माणि संगत्यक्त्वा धनञ्जय। योगस्थ होकर समाधि की स्थिति में अर्थात् चित्त को स्थिर करके कार्य करो। हमें इस ढंग से कार्य करना है। और जहां तक संसार का सम्बन्ध है, हमारा क्या दृष्टिकोण रहना चाहिए? यह दृष्टिकोण अहिंसा का होना चाहिए। अहिंसा का यह अर्थ नहीं है कि शल्य-चिकित्सक

किसी की शल्य-चिकित्सा न करे। इसका अर्थ है वैरत्याग। यही सिर्फ एक सिद्धांत है जिसे हमें अपनाने के लिए कहा जाता है। अभय, असंग, अहिंसा—ये तीनों गुण मिलकर भारतीयता के वैशिष्ट्य पर प्रकाश डालते हैं। यदि हम यह जानना चाहें कि भारतीय संस्कृति की विशेषताएं हैं क्या तो कहा जा सकता है, ये तीनों गुण ही भारतीय संस्कृति की विशेष ताएं हैं। अन्य अनेक बातें, जिनका इसकी विशेषताओं के रूप में उल्लेख किया जाता है, गलत हैं। इनके प्रभाव से हमारी दृष्टि पूर्णतः सहिष्णुता की हो गयी है।

जब उपनिषद् के ऋषि से पूछा गया कि मोक्ष का क्या उपाय है तो उन्होंने क्या उत्तर दिया? उन्होंने यह नहीं कहा कि यह एक शाही रास्ता है जो हमें मोक्ष की ओर ले जाता है। उन्होने कहा, "जैसे पक्षी आकाश में उड़ते हैं, मछलियां समुद्र में तैरती हैं; लेकिन पीछे उनका निशान बाकी नहीं रहता, आत्मा के अन्वेषक द्वारा ईश्वर तक पहुंचने का रास्ता भी ऐसा ही है।"

यदि भारत के भूगोल में हिमालय से लेकर कन्याकुमारी तक की विस्तृत सीमाएं आबद्ध हैं तो भारत के इतिहास में वे सभी महान् आदर्श सूत्र के रूप में आबद्ध हैं, जिनको यह देश शुरू से ही मानता आ रहा है। जो अपने को भारतीय कहता है, उसे अपनी सांस्कृतिक विशेषताओं का कुछ न कुछ ज्ञान अवश्य होना चाहिए। यह संस्कृति किसी जाति, धर्म या सम्प्रदाय की देन नहीं है; यह एक ऐसी चीज़ है, जो इस धरती पर सभी धर्मों की एकता में विश्वास करने वाले लोगों के आपस में मिल-जुलकर रहने से विकसित हुई है। यह वह चीज़ है जिसका हमारा देश हमेशा अनुसरण करता रहा है। इण्डोनेशिया में मैं एक प्रोफेसर से मिला जिसने Agastya in the Archipelago विषय पर एक शोध प्रबन्ध लिखा है। मैंने उनसे पूछा, "इसका क्या अभिप्राय है? आपने शोध प्रबन्ध का मंगलाचरण सरस्वती और गणेश की वन्दना से क्यों किया है?" उन्होंने उत्तर दिया, "हां, यह हमारी संस्कृति है। हमारा धार्मिक विश्वास कुछ भी हो सकता है, लेकिन हमारी संस्कृति भारतीय संस्कृति है और हम अभी भी इन्हीं चीज़ों की उपासना करते हैं।" वहां का सबसे अधिक लोकप्रिय

नाटक अर्जुन-विवाह है।

राजकुमार सिंहनुक के पिता कम्बोडिया के सम्राट् ने एक भोज में बोलते हुए अपने भाषण में कहा, "हम आपके आध्यात्मिक उत्तराधिकारी हैं। कौण्डिय नामक एक आदमी बहुत वर्ष पहले दक्षिण भारत से यहां पर आया था। उसने कम्बोडियन राजकुमारी को पराजित किया, उससे विवाह किया, यहां पर बस गया, अपने वंश की स्थापना की और हम उसी वंश के उत्तराधिकारी हैं। ख्मेर सभ्यता में ख्मेरु शब्द उस स्थान का वाचक है, जहां का कौंडिय नागरिक बना था।" इस सभ्यता को ख्मेर सभ्यता कहा जाता है।

ईसापूर्व लगभग 500 वर्ष पहले मिस्र में कृष्ण का एक मन्दिर था। अशोक ने अपने मिशनरियों को विभिन्न देशों में भेजा था और उसमें से कुछ पश्चिम और कुछ पूर्व में भेजे गये थे। जहां भी हम जाते हैं, हमें एक प्रकार का सांस्कृतिक वातावरण दिखाई पड़ता है, जिससे हमें सभी जगहों पर घर-सा ही महसूस होता है। मैंने अफ्रीका, दक्षिणी और उत्तरी अमेरिका, एशिया के विभिन्न भागों की यात्रा की है और किसी भी स्थान पर ऐसा महसूस नहीं किया कि मैं पूरी तरह से अपने घर में नहीं हूं।

आज संसार एक समान केन्द्र की ओर बढ़ता जा रहा है। विज्ञान और तकनीकी ज्ञान तथा परिवहन और संचार के साधनों ने सारे संसार को साथ लाकर खड़ा कर दिया है। भौतिक समन्वय स्थापित किया जा चुका है। बौद्धिक रूप में भी समान विचार, सिनेमा, समान वैज्ञानिक वस्तुएं सारे संसार में फैल गई हैं। राजनीतिक रूप में भी कहीं लोकतन्त्र है तो कहीं तानाशाही। आर्थिक सहयोग किए जा रहे हैं। लेकिन यदि गहराई से देखें तो हमारा ध्यान एक ऐसी बाधा की ओर जाता है, जो लोगों को अभय अर्थात् भय से विहीन वातावरण की ओर बढ़ने से रोक रही है। हमने न्यूक्लीय साधनों का उच्चतम सीमा तक विकास कर लिया है, लेकिन नैतिक दृष्टि से हम अभी भी पिछड़े हैं। हम लोग न्यूक्लीय दानव और नैतिक वामन की तरह के हो गये हैं। इसका कारण यह है कि न्यूक्लीय शक्ति में हमने इतनी अधिक चामत्कारिक उन्नति की है कि हम एक अविश्वास और भय के वातावरण में जीते हुए एक-दूसरे से भय खाने लगे

हैं। असन्तुलन और विषम आयोजन के इस वातावरण को, जिसमें हम झोंक दिये गये हैं, साफ करना होगा।

यदि हम अपने प्रति सत्यनिष्ठ हैं, अपने उन महान् आदर्शों के प्रति सत्यनिष्ठ हैं जिनकी घोषणा उपनिषदों और बुद्ध से लेकर राम कृष्ण और गांधीजी के समय तक की जाती रही, यदि हम हर तरह के परिणामों को नज़रअन्दाज करते हुए अब तक उनका पालन करते रहे हैं, तो हमारे लिए यह भी सम्भव है कि हम डूबते हुए संसार को सहायता प्रदान कर सकें।

गांधीजी ने हमें बताया था, "मैं ऐसे संसार में नहीं रहना जो चाहता संगठित न हो।" दूसरी बात उन्होंने कही, "पतित और नष्ट होता हुआ भारत न तो स्वयं अपनी मदद कर सकता है और न ही संसार की। मैं चाहता हूं कि मेरा देश आज़ाद हो, जिससे कि यदि आवश्यक हो तो विश्व को जीवनदान करने के लिए अपनी बलि दे सके।" यही वह सिद्धांत है जिसका अनुसरण यह देश अब तक करता रहा है। इस देश ने आध्यात्मिक मूल्यों के मुकाबले में भौतिक वस्तुओं को ऊंचा नहीं माना। ऐसा क्यों है कि इस देश के राजनीतिक नेता भी धार्मिक व्यक्ति ही रहे हैं, उदाहरणार्थ गांधीजी, तिलक, श्री अरविन्द, स्वामी विवेकानन्द; क्यों वे अपनी छाप इस देश पर छोड़ सके? यह उनकी राजनीतिक प्रतिभा के कारण सम्भव नहीं हुआ, बल्कि यह सम्भव हो सका है उनके त्याग और वैराग्य की भावना के कारण जिनके वे जीते-जागते उदाहरण थे; क्योंकि वे त्याग की उस भावना को, जिसका अनुसरण यह देश हमेशा करता आ रहा है, अपने जीवन में उतारने में सफल हुए थे।

सन्तो भूमिं तपसा धारयन्ति।

सन्त अपने तप के प्रभाव से इस संसार को थामे हुए हैं। यह देश आज तक कायम है, इसका कारण न तो सम्पन्न व्यक्ति हैं, न ही सम्पत्ति के अर्जन में और संग्रह में हमेशा डूबे हुए वे लोग जो केवल भौतिकवाद के सिद्धान्त में विश्वास करते हैं। यह आज कायम है तो उन हज़ारों लोगों की बदौलत जो आज भी अपने नाम और प्रसिद्धि से बेखबर होकर कष्ट झेल रहे हैं, अपने शरीर को तपा रहे हैं और अपने मन को छलनी बना रहे हैं, जिससे कि उनकी आत्मा जीवित रह सके। यही लोग इस देश के विशिष्ट

व्यक्ति हैं। इन्हीं लोगों की बदौलत आज तक यह देश ज़िन्दा है।

आज हम गिरे हुए हैं, तितर-बितर हैं, कुर्सी के लिए छीना-झपटी कर रहे हैं, इन तमाम बातों के बावजूद हमारे कुछ आदर्श हैं जो भारत की आत्मा में जीवित है। नई प्रवृत्ति यह हैं कि विभिन्न धर्मों के लोग आपस में मिलजुलकर रहें और दंगा-फिसाद न करें। वे अभ्युदय की हमारी मंज़िल के प्रतिद्वन्द्वी न होकर सहयात्री हैं। इस दृष्टिकोण का प्रसार हमें करना है। दुनिया इस आदर्श की ओर बढ़ रही है। आज आवश्यकता इस बात की है कि हमारे मस्तिष्क और हृदय में एकता स्थापित हो सके। राजनीति, अर्थशास्त्र, विज्ञान और परिवहन ने अपनी भूमिका निभा दी है। हमें आज संसार को एक आत्मा देनी है, क्योंकि वह समझता है कि वह सिर्फ शरीर है। हमें इस संसार को चेतना देनी है और यदि हम सच्चे भारतीय हैं, तो हम यह दे भी सकते हैं।

3

संस्कृत की विरासत

चीन और मध्य एशिया में पुरातत्त्व के प्राचीन अवशेषों के आधुनिक सर्वेक्षण से यह पता लगा है कि शताब्दियों से इन स्थानों पर संस्कृत का बोलबाला रहा है। चीन की महान् दीवार पर संस्कृत में कुछ सूक्तियां लिखी मिली हैं। वलयित पत्रों पर लिखे हुए संस्कृत वाक्य भी मिले हैं, जिनका 16वीं, 17वीं और 18वीं शताब्दी में चीन के शासकों और मध्य एशिया के दूसरे भागों के विशिष्ट व्यक्तियों के बीच आदान-प्रदान किया गया था।

कुछ योरोपीय और अमेरिकी विश्वविद्यालयों में संस्कृत के अध्ययन की व्यवस्था की गई है। विश्व के अनेक भागों में दर्शन और धर्म, मनो-विज्ञान और मनोविश्लेषण से सम्बन्धित भारतीय विचारों के प्रति रुचि बढ़ती जा रही है।

हमें उत्तराधिकार में एक महान् और अमूल्य विरासत प्राप्त हुई है, लेकिन यह समझते बैठे रहना घातक है कि हम एक अद्वितीय विरासत के उत्तराधिकारी हैं। इस उत्तराधिकार का निर्वाह नये उपक्रमों में किया जाना चाहिए; हमें नई उपलब्धियां हासिल करने की दिशा में आगे बढ़ना है। हमें हमेशा सत्य के अन्वेषण में लगे रहना चाहिए। संस्कृत भाषा के विभिन्न क्षेत्रों पर, इसके साहित्य, दर्शन, धर्म, संगीत, अध्यात्म विद्या, गणित, नक्षत्रशास्त्र, चिकित्सा और शल्य-चिकित्सा पर, काम किया जा रहा है।

यह नहीं कहा जा सकता कि संस्कृत भाषा में सुरक्षित संस्कृति आधुनिक परिस्थितियों के अनुकूल नहीं है। महान् वैदिक विचारों, बुद्ध, महावीर और अशोक ने हमें एक ऐसे वर्गरहित समाज का पाठ सिखाया, जहां पुरुष और स्त्री, चाहे उनका कोई भी दर्जा क्यों न हो, सबसे समान बर्ताव किया जाये। विभिन्न क्षेत्रों के सन्तों, बल्लुवर (तमिल), वेमन (तेलुगु), बासव (कन्नड़), कबीर पंथियों, सिक्खों, राजा राममोहन राय और आधुनिक युग में गांधीजी हमें मनुष्य की उस गरिमा की याद दिलाते हैं जिसपर वेदों के महावाक्य ज़ोर देते रहे हैं, और सामाजिक एकता और मानवीय गरिमा के सम्मान का आग्रह करते हैं। असामाजिक रीतियों और प्रवृत्तियों से चिपके रहने से अतीत में हमने बहुत नुकसान उठाया है। यदि हमें एक संगठित और प्रगतिशील भारत का निर्माण करना है तो सामाजिक परिवर्तन बहुत आवश्यक है।

संसार के सामने आज जो समस्या है, वह है विभिन्न संस्कृतियों के संघर्ष या सहयोग की। विभिन्न संस्कृतियों के शांतिपूर्ण सहयोग की हमारी परम्परा काफी प्राचीन है। हमारे इतिहास के प्रारम्भिक काल से ही शकों, कुषाणों और पल्लवों के नये दल धीरे-धीरे भारतीयता की ओर बढ़ते चले गये। वे अपने साथ जो कला और शिल्प लाये थे, उसे सम्मानपूर्वक स्वीकार कर लिया गया। वराहमिहिर अपनी बृहत् संहिता में कहते हैं, "निश्चय ही यवन म्लेच्छ हैं लेकिन उनके विज्ञान की जड़ें अच्छी तरह से जम चुकी हैं। इसलिये वे भी हमारे ऋषियों के समान ही सम्मान के अधिकारी हैं।"

म्लेच्छा हि यवनास्तेषु सम्यक् शास्त्रमिदं स्थितम्।
ऋषिवत् तेऽपि पूज्याः स्युः किं पुनर्दैवविद् द्विजाः॥

नक्षत्र शास्त्र की पांच शाखाओं में से दो रोमक (रोम के बाद) और पॉलिस (अलेक्सान्द्रिया के पॉल के बाद 378 ईस्वी) नाम से विख्यात हैं। हममें कभी भी सांस्कृतिक ऐकांतिकता या बौद्धिक हठधार्मिकता का ऐसा भाव नहीं रहा जो संसार के विभिन्न क्षेत्रों से हमें ज्ञान प्राप्त करने में तिरस्कार का अनुभव कराता हो।

इन विशेषताओं के ही कारण हमारा धर्म भी नई-नई चुनौतियों के अनुसार निरन्तर अपना रूप बदलता रहा है। वैदिक संहिताएं, ब्राह्मणों की

याज्ञिकता और उपनिषदों का आदर्शवाद सामान्य जनता में लोकप्रिय न हो सका। अनेक प्रवृत्तियां विकसित हुईं। जैन और बौद्ध धर्म जैसे विचार-दर्शनों का विकास हुआ, जो वेदों को प्रामाणिक नहीं मानते थे और इसी कारण उन्हें नास्तिक कहा जाता था। उपनिषदों में हमें स्वतन्त्र विचार-धारा के चिह्न मिलते हैं। सामान्य जनता को इसने प्रभावित किया। वैदिक सूत्रों और वेदांगों के आधार पर संकीर्ण प्रवृत्तियों का विकास हुआ। कुछ प्रवृत्तियां ऐसी थीं जिन्होंने वेद-विरोधी नास्तिक विचार दर्शनों से समझौते का और संकीर्ण विचार-दर्शनों को पुनरुज्जीवित करने का प्रयास किया। सामान्यतः लोगों ने अपने जातिगत धर्मों का ही अनुसरण किया। इनके देवी-देवता सभी वैदिक देवताओं से भिन्न थे। इन लोकप्रिय धार्मिक विश्वासों को वेदों के अनुयायियों द्वारा प्रोत्साहन मिला। वृष्णियों, सात्वतों, अभीरों और यादवों ने कृष्ण की पूजा की, जो इन जातियों का सांसारिक नेता और आध्यात्मिक गुरु था। कभी-कभी वैदिक और अवैदिक भक्तों में संघर्ष भी हुए। इन्द्र और कृष्ण का संघर्ष इसका प्रतीक है। इन्द्र की पराजय का अर्थ है—लोकप्रिय धर्म की विजय। कृष्ण के उपदेश भगवद्‌गीता में संक्षेप में संकलित हैं। वे संसार की गोचरता या ब्रह्म के साथ मनुष्य की आत्मा की समानता पर ज़ोर नहीं देते हैं। कृष्ण की भक्ति पर ही ज़ोर दिया गया। गीता हमें लोकसंग्रह, विश्व की एकता या प्रगति के लिए काम करने का संदेश देती है। कर्मयोग का आचरण करने वाला व्यक्ति त्यागपूर्वक कर्म करता है, न कि कर्म का त्याग करता है। गीता का धर्म एक ऐसा धर्म है, जिसमें सभी लोग दीक्षित हो सकते हैं। भौगोलिक, जलवायु-सम्बन्धी, जातिगत, धार्मिक और भाषागत विविधाताओं के बावजूद भारत में बुनियादी सांस्कृतिक एकता है।

हम आधुनिकता के बारे में बात करते हैं। लोग अपनी बहुत-सी पुरानी मर्यादाओं को छोड़ने की कोशिश कर रहे हैं और उनकी आधुनिक व्याख्या की मांग कर रहे हैं। मैं भी आधुनिक हूं, लेकिन मैं यह मानता हूं कि आधुनिकता का अर्थ है—अपनी प्राचीन विरासत की मूल्यवान् बातों को बनाए रखना और घटिया बातों को छोड़ देना। ऐसी बहुत-सी बातें हैं जो हमें परम्परा से प्राप्त हुई हैं, लेकिन वे हमारी संस्कृति या देश के लिए

गौरवपूर्ण नहीं हैं। इसके अलावा, बहुत-सी बातें अत्यन्त मूल्यवान् हैं और उन्हीं की वजह से यह देश टिका हुआ है। विख्यात फ्रेंच लेखक आन्द्रे मार्लो का कथन है, "इस सदी की समस्या धार्मिक समस्या है और हिन्दू विचारों की खोज से इस विशेष समस्या के समाधान में बहुत बड़ी हद तक मदद मिलेगी।"

हम सोचते हैं कि हम लोकतांत्रिक हैं लेकिन लोकतंत्र का आधार है व्यक्ति की पवित्रता, उसमें अन्तर्निहित दैवीय सम्भावनाएं। शंकराचार्य ने द्वारका, पुरी, बद्रीनाथ और शृंगेरी में स्थापित चार मठों को चार वेदों के चार महावाक्य दिये। पांच हजार वर्ष से अधिक समय पूर्व से ही हमारे यहां लोकतन्त्र की बुनियाद है। वेदों को संभवत: 3000 वर्ष ईसा पूर्व लिखा गया होगा लेकिन उनकी रचना काफी पहले हो चुकी थी। अस्तु, लोकतांत्रिक व्यवस्था कोई ऐसी चीज़ नहीं है जिसे हाल ही में पश्चिमी देशों से प्राप्त किया गया हो। ये प्रवृत्तियां हमारे यहां रही हैं।

गुह्यं ब्रह्मं तदिदं वो ब्रवीमि,
न मानुषात् श्रेष्ठतरं हि किञ्चित्।

इस संसार में मनुष्य से अधिक ऊंचा कुछ नहीं है। अलौकिक ब्रह्म हमारी पहुंच से बाहर है। ईश्वर मनुष्य में ही अन्तस्थ है। यह माना जाना चाहिए कि प्रत्येक व्यक्ति में दैवीय स्थिति तक पहुंचने की संभावना मौजूद है।

एक दूसरी चीज़, जो उल्लेखनीय रूप में आधुनिक है, समस्याओं की खोज का बौद्धिक दृष्टिकोण है। समस्याओं की खोज का यह बौद्धिक दृष्टिकोण एक लम्बे समय से हमने अपनाया हुआ है। 'बुद्धौ शरणमन्विच्छ'। यथार्थ को समझते हुए तर्क का आश्रय लो, अपने-आप को तर्क पर समर्पित कर दो। जितने सत्य का बोध हमें हुआ है, यह परिणाम है व्यक्तिगत शोध का; सत्य के तात्त्विक दृष्टिकोण का। 'जन्माद्यस्य यतः' अर्थात् जो संसार का जन्म, पालन और विनाश करता है, वही अन्तिम तत्त्व बोधगम्य है। वह कौन-सा बुनियादी सत्य है, जो इस संसार का निर्माण करता है? उपनिषद् का कहना है कि पहले यह संसार अविद्यमान था, फिर

नीहारिका का उदय हुआ, उसके बाद वनस्पतियां पैदा हुईं, फिर प्रत्यक्ष और सहज ज्ञान के साथ जीवों का जन्म हुआ और उसके बाद मानवीय बुद्धि का अविर्भाव हुआ जिसमें विज्ञान भी अन्तर्निहित था। उसने गिरजाघर, नियम, कानून आदि बनाये और अन्त में ये सभी चीज़ें आनन्द के सर्वोच्च सत्य में समाहित हो जाती हैं, जिससे यह माना जाता है कि बुद्धि, मन, शरीर और पदार्थ का उद्गम होता है। आज मनुष्य बौद्धिक स्तर पर पहुंच चुका है और उसका लक्ष्य आध्यात्मिक पूर्णता के स्तर को प्राप्त करना है। इस वैज्ञानिक बुद्धि से ऊपर उठकर उसे एक ऐसे शान्ति और एकता-मूलक दृष्टिकोण तक पहुंचना है जिसे वह आत्मसात् कर सकता है। यह स्पष्ट रूप से समझ लिया गया है कि इस प्रकार की बौद्धिक चेतना उसके लिए पर्याप्त नहीं है। इस प्रकार के ज्ञान से वह अन्तिम सत्य तक कभी नहीं पहुंच सकता। अन्तिम सत्य तक पहुंचने के लिए हमें अपनी समग्र प्रकृति को बदलना है। जैसे एक बौद्धिक व्यक्ति भावनाशील व्यक्ति से ऊंचा है और भावनाशील व्यक्ति शक्तिशाली व्यक्ति से ऊंचा है, इसी प्रकार आध्यात्मिक व्यक्ति बौद्धिक व्यक्ति से अधिक ऊंचा है। इसके लिए हमें आत्मपरिवर्तन, आत्मनिरीक्षण और आत्मविवेक के रास्तों से गुज़रना होगा। आधुनिकवाद की उल्लेखनीय विशेषता, सत्य के प्रति प्रायोगिक और वैज्ञानिक दृष्टिकोण हमारे इतिहास के प्रारिम्भक काल से ही हमारे साथ जुड़ा हुआ है। सबसे महत्त्वपूर्ण बात है सत्य के उन अनुभवों और अन्तर्दृष्टि को लेखनी में बांधना और यह कार्य वेदों में किया गया है। 'शास्त्रयोनित्वात्' अर्थात् शास्त्रों में ही केवल अनुभव लिखे हुए हैं। यदि शास्त्रों में परस्पर-विरोध हो तो 'समन्वय एब साधुः' अर्थात् सामंजस्य का रास्ता निकालना ही बेहतर है। दूसरे लोगों के धर्म को लेकर झगड़ा मत करो।

बौद्ध धर्म का मूल उपनिषदों में है। कुमारिल भट्ट कहते हैं : 'विज्ञान-वाद नैरात्मवाद नामापि उपनिषद् प्रभावत्वम्'। यहां तक कि विज्ञानवादों का जन्म भी उपनिषदों से ही हुआ है। यह एक जलाशय की तरह है जिससे अनेक धाराएं विभिन्न दिशाओं की ओर बहती हैं और हमें एकता के उस आधार को समझना है जो इस विविधता में अन्तर्निहित है। यह सभी

धार्मिक विश्वासों का समन्वय है जो कि आधुनिक संसार के सामने चुनौती बनकर खड़े हैं। इन विश्वासों को परस्पर-विरोधी नहीं समझना चाहिए। ये स्वतंत्र अथवा परिपूरक हैं। यदि हम उन्हें नज़दीक लाने में कामयाब हो जायें तो वे मानवीय विरासत को और अधिक समृद्ध बनायेंगे।

धर्मनिरपेक्षता, जिसे गलती से धर्मनिरपेक्षता कहा जाता है, का अर्थ है सभी धर्मों का समान रूप से आदर करना; इसका अर्थ धर्मों को छोड़ना नहीं है। प्रत्येक व्यक्ति को दूसरे व्यक्ति द्वारा पवित्र समझी जाने वाली चीज़ का आदर करना चाहिए। इसलिए, चाहे यह लोकतन्त्र हो या वैज्ञानिक दृष्टिकोण, या सभी धर्मों का समन्वय, आधुनिक स्वभाव की सभी विशेषताएं हमारी संस्कृति में हैं। संस्कृति किन्हीं विशिष्ट अनुष्ठानों या विवाह जैसे किन्हीं विशिष्ट रिवाजों का नाम नहीं है। ये आते-जाते रहते हैं, इनमें परिवर्तन भी हो सकता है, लेकिन आधारभूत विविधताएं हृदय के सत्य हैं। ये चीज़ें शाश्वत हैं, प्रवहमान हैं, विज्ञान या इतिहास की किभी भी प्रकार की नई खोज उनपर हावी नहीं हो सकती।

दूसरी हमारी आलोचना यह की जाती है, "ओह, ये भारतीय संसार को भौतिक पदार्थ नहीं मानते।" यह मायावी है; यह एक जादुई चीज़ है; यह मात्र एक प्रतीति है और कुछ नहीं। यह सिद्धान्त अद्वैत वेदांत की कुछ व्याख्याओं पर लागू हो सकता है, लेकिन शंकर को स्वयं इस सिद्धान्त का पोषक नहीं कहा जा सकता। अद्वैत वेदांत के अलावा भी इस देश में बहुत-से मत-मतान्तर हैं। वैसे तो अद्वैत वेदांत भी संसार को माया या प्रतीति मान-कर उससे निवृत होने की बात नही कहता। संसार प्रत्यक्ष है, चूंकि हमें इसका बोध होता है इसलिए इसे अविद्यमान नहीं माना जा सकता, स्वप्न-वत् समझकर इसकी उपेक्षा नहीं की जा सकती। इस प्रकार जागरण और स्वप्न का भेद हमारे द्वारा महसूस किया जा चुका है। इसलिए संसार को क्षणभंगुर नहीं माना जा सकता। हो सकता है कि यह संसार शाश्वत या नित्य न हो; इसका सम्पूर्ण चक्र, पदार्थों से शुरू होकर जीवन और चेतना तक पहुंचने, और फिर बुद्धि तक और फिर परब्रह्म में लीन हो जाने की यह युगान्तर प्रक्रिया एक ऐतिहासिक सत्य हो। इसकी मंज़िल है ब्रह्मलोक या ईश्वर का राज्य, जहां प्रत्येक व्यक्ति एक स्वतन्त्र आत्मा के रूप में विचरण

करता है। इसलिए यदि आज हमें इतिहास के महत्त्व को, वैज्ञानिक दृष्टि के महत्त्व को, धर्म के समन्वय के महत्त्व को, लोकतन्त्र के बुनियादी महत्त्व को आधुनिक युग की विशेषताओं के रूप में स्थापित करना है तो हमें उन्हें खोजने के लिए बहुत दूर नहीं जाना पड़ेगा। हम उन्हें अपने ही शास्त्रों में पाते हैं। इसलिए, यह आवश्यक है कि हम अपने आदर्शों को न छोड़ें; हमें नये विचारों में खो नहीं जाना है और न ही उनसे भ्रमित होना है। आज यह हो रहा है कि विद्यार्थियों को भी अपने देश के मूल्यों का ज्ञान नहीं है। उन्हें नहीं मालूम कि उनमें किस चीज़ की कमी है। इसी कमी के कारण आज इतनी अधिक स्वेछाचारिता या अनुशासनहीनता हैं। यदि हम पुनः उन्हें इन चीज़ों की ओर लौटा लायें और उन्हें यह समझा दें कि हमारे धर्म की बुनियाद सबसे अधिक वैज्ञानिक, सबसे अधिक लोकतांत्रिक, सबसे अधिक अनुकूल और सबसे अधिक महत्त्वपूर्ण है तो हम, जहां तक ऐतिहासिक प्रक्रिया का सम्बन्ध है, एक अमूल्य सेवा करेंगे।

4

महाभारत और भगवद्गीता

महाभारत भारतीय इतिहास के महान युग का अभिचित्रण है। यह नहीं कहा जा सकता कि यह एक ही लेखक की सम्पूर्ण कृति है। महान् व्यास स्वयं ही पांच प्रत्यक्ष शिष्यों का उल्लेख करते हैं। यह कृति पांच विभिन्न चरणों से गुज़रती है, जिन्हें जय, भारत और महाभारत नाम दिया गया है। विभिन्न भाषाओं में इसके अनेक संस्करण, पांडुलिपियां और अनुवाद मिले हैं।

महाभारत केवल ऐतिहासिक कृति ही नहीं है बल्कि भारत की गतिशील संस्कृति का प्रतिबिम्ब भी है। पहला श्लोक इस प्रकार है :

नारायणं नमस्कृत्य नरं चैव नरोत्तमम्।
देवीं सरस्वतीं चैव ततो जयमुदीरयेत॥

नारायण और नर—दैवीय और मानवीय—धर्म, अर्थ, काम और मोक्ष के संबंध में व्यक्तिगत विवाद और विचार-विमर्श इसमें मिलते हैं। इसमें कहा गया है कि जो कुछ इसमें है, वह कहीं और भी मिल सकता है, लेकिन जो इसमें नहीं है, वह कहीं भी नहीं है। इस महान काव्य में, काव्यात्मक, कल्पनात्मक और शोधपूर्ण विषयों, गहन विचारों और भावों तथा गूढ़ भावनाओं ने अभिव्यक्ति पायी है। हमें इसमें विविध और अनेक ऐसे चरित्र मिलते हैं, जो हमारी ऐतिहासिक रक्तधारा में पूर्णतः समा चुके हैं। ये चरित्र हिन्द-चीन, इंडोनेशिया, कम्बोडिया, थाईलैंड और संसार के अन्य भूखंडों में भी विख्यात हैं।

अतीत में हम गौरव के शिखर और पतन के निम्नतम स्तर पर भी पहुंचे थे। महाभारत में एक दिव्य शासन-सत्ता की चर्चा है जो समन्वय पर बल देती है। बुरे काम का फल कभी अच्छा नहीं होता। "जैसा बोओगे वैसा काटोगे।" बुरे कार्यों की देर-सवेर कभी न कभी दुःख और विफलता के रूप में सज़ा अवश्य मिलती है। अच्छे कार्यों का पुरस्कार अच्छाई और सफलता के रूप में मिलता है। बुद्धि, सद्भावना, विवेक और समन्वय का मार्ग अपनाना चाहिए। अज्ञान, बेईमानी, लोभ और छल से बचना चाहिए। बेईमानी और चरित्रहीनता के आवेग में नहीं पड़ना चाहिए। किन्हीं खास मौकों पर आवश्यक मानकर अपनी ईमानदारी में कुछ कमी करना झूठ है। अनुशासन और धर्म का जीवन प्रशंसनीय है। एक स्वच्छन्द समाज देर तक नहीं टिक सकता। परम तत्त्व अपरिवर्तनीय और पूर्णतः प्रेममय है। ये विचार महाभारत की घटनाओं और दृष्टांतों से हमारे दिमाग में बैठ जाते हैं।

भौगोलिक अलगाव या राजनीतिक इतिहास की अपेक्षा भारत में यदि बुनियादी एकता की जड़ें अधिक गहरी हैं तो इसका कारण है इस महान् महाकाव्य का प्रभाव। यह एकता जाति, वर्ण, भाषा और सम्प्रदाय की विविधताओं से अधिक गहरी है।

यथा समुद्रो भगवान् यथा मेरुर्महागिरिः।
उभौ ख्यातौ रत्ननिधि तथा भारतमुच्यते॥

शालीनता के महत्त्व पर बल दिया गया है।

मृदुना दारुणं हन्ति मृदुना हन्त्यदारुणम्।
नासाध्यं मृदुना किञ्चित् तस्मात् तीक्ष्णतरं मृदुः॥

महाभारत में यद्यपि राजकुमारों की स्वार्थपरता, लोगों की उदासीनता, युद्धों और युद्ध की धमकियों का वर्णन किया गया है तथापि इसकी समाप्ति शान्ति की प्रार्थना के साथ होती है।

गीता सार्वभौमिक धर्म का आख्यान करने वाली एक विचारपूर्ण पुस्तक है। ब्रह्म विद्या आध्यात्सिक ज्ञान है। योगशास्त्र नैतिक अनुशासन है। कृष्णार्जुन-संवाद आध्यात्मिक अनुभूति है। अध्यात्म और विचार प्रत्येक धर्म के लिए आवश्यक हैं और इसका परिणाम होता है अनुभूति। इसके

लिए तीन चीज़ों का उल्लेख किया गया है। अध्यात्मज्ञान या ब्रह्मविद्या बौद्धि क दृष्टि प्रदान करते हैं। इससे यह विचार उत्पन्न होता है कि यह संसार संयोग से या किसी प्रकार की अव्यवस्था से उत्पन्न नहीं हुआ हैं, बल्कि प्रत्येक चरण पर इसका संचालन एक रहस्यात्सक शक्ति द्वारा किया जा रहा है। तैत्तिरीय उपनिषद् में कहा गया है कि इस संसार को देखो और यह जानने की कोशिश करो कि क्या यह स्वयं स्थिर या स्वयं संचालित है या यह किसी श्रेष्ठतर शक्ति द्वारा संचालित या उस पर आश्रित है। आध्यात्मिक, नैतिक और बौद्धिक दृष्टि हमें यह जताती है कि ईश्वर है। लेकिन केवल यह ज्ञान ही पर्याप्त नहीं है। केवल वाक्यार्थ से हम आध्यात्मिक लक्ष्य को प्राप्त नहीं कर सकते। हमें अपने स्वभाव की काया-पलट करनी होगी, अपने-आपको पूरी तरह से नवनिर्माण करना होगा, और अपने स्वभाव में अंतर्निहित अदैवीय, अस्वास्थ्यकार और असृजनात्मक तत्त्वों को निकाल बाहर करना होगा।

योग नाम है अनुशासन का जिसकी सहायता से हम अपने-आप को बदलते हैं और यदि हमें ज्ञान और अभ्यास हो, हममें अनुशासन और सत्य हो तो यह हमारे अस्तित्व का ही हिस्सा बन जाता है। कृष्णार्जुन-संवाद ईश्वर से मनुष्य का व्यक्तिगत सम्पर्क है। यह सम्पर्क ईश्वर के साथ है। यह ईश्वर की अनुभूति है। इन दोनों को अलग-अलग तत्त्वों के रूप में नहीं माना जाता। प्रत्येक व्यक्ति में ईश्वर का अंश है। सत्य एक है, किन्तु इसके दो रूप हैं, नर और नारायण। ये दोनों हमेशा बने रहते हैं। ईश्वर आपका सनातन साथी है। आप कुछ भी करें, कहीं भी रहें, वह आपके साथ है। नारा यण हम सबका मित्र है; नर एक साधारण व्यक्ति है जो महान् अर्जुन के प्रतीक के रूप में दर्शाया गया है।

दूसरे शब्दों में सभी मानवीय प्रयत्नों का अन्त ईश्वर के साथ व्यक्तिगत सम्पर्क में होता है; संवाद का अर्थ है सम्पर्क या अनुभूति।

ईश्वर तक पहुंचने के भिन्न-भिन्न रास्ते हैं, भिन्न-भिन्न उपाय हैं। जैसे इच्छा, हृदय और तर्क मिलकर आत्मा में रूपायति होते हैं, उसी प्रकार कर्ममार्ग, भक्ति मार्ग और ज्ञानमार्ग एक-दूसरे से अलग नहीं हैं। प्रत्येक व्यक्ति में ये तीनों एक साथ रहते हैं।

प्रत्येक व्यक्ति से यह अपेक्षा की जाती है कि वह जीवन के इस संघर्ष में, अपने जीवन को बेहतर बनाने के लिए किए जाने वाले इस प्रयास में भाग ले। हमारे जन्म का भी यही उद्देश्य है। कुछ लोग ऐसे हैं जो मुसीबत सिर पर आने पर कर्म का त्याग कर देते हैं और ज़िन्दगी के युद्ध से भागने की कोशिश करते हैं। गीता का प्रारम्भ इसी अवस्था से होता है। अर्जन कहता है :

न काङ्क्षे विजयं कृष्ण न च राज्यं सुखानि च।
किं नो राज्येन गोविन्द किं भोगैर्जीवितेन वा॥

मधुसूदन सरस्वती इस पर टिप्पणी करते हुए कहते हैं : "अर्जुन संन्यासी बनना चाहता है, वह इस संसार से भागना चाहता है और युद्ध में भाग नहीं लेना चाहता।" फिर कृष्ण उसे उबारने को आते हैं और उसे कहते हैं :

"यह तुम्हारे लिए अशोभनीय है।"

कुतस्त्वा कश्मलमिदं विषमे समुपस्थितन्।
अनार्यजुष्टमस्वर्ग्यमकीर्तिकरमर्जुन॥

"तुम्हारा यह सोचना तुम्हारे पूर्वजों की परम्परा के अनुरूप नहीं है। इससे न तो तुम्हें इस जीवन में और न ही दूसरे जीवन में यश प्राप्त होगा। तुम्हारे हृदय की यह कमज़ोरी तुच्छ, अश्रेष्ठ और तुम्हारे लिए अशोभनीय है। अपना गांडीव उठाओ और युद्ध में कूद पड़ो।"

कोई भी कार्य करो, किसी भी उद्देश्य के लिए करो, यह सोचते हुए करो कि सर्वव्यापक ईश्वर तुम्हारे साथ है, चाहे जहां भी तुम रहो। हर जगह पर ईश्वर तुम्हारे साथ है।

हमारा यही कर्तव्य है कि हम त्यागपूर्वक सांसारिक गतिविधियों में संलग्न रहें। गीता के अन्त में कहा गया है :

यत्र योगेश्वरः कृष्णो यत्र पार्थो धर्नुधरः।
तत्र श्रीर्विजयो भूतिर्ध्रुवा नीतिर्मतिर्मम॥

जहां श्रीकृष्ण की विचारशील बुद्धि हो और अर्जुन की व्यावहारिक क्षमता हो, वहां समृद्धि, विजय और सभी तरह के सुखों की भरमार होती है।

भगवद्गीता विश्व की सबसे अधिक सार्वभौम धर्म पुस्तक है। इसका अंग्रेज़ी अनुवाद प्रस्तुत करते हुए चार्ल्स विल्किन्स और वारेन हेस्टिंग्स ने एक महान् घोषणा करते हुए लिखा था : "जब ब्रिटिश साम्राज्य का लोप हो जाएगा, जब इसके धन और समृद्धि के स्रोतों की याद भी बाकी न रहेगी, यह धर्मपुस्तक और इसके सिद्धांत विश्व के लाखों लोगों को प्रेरणा दे रहे होंगे।" यह गीता का सर्वप्रथम अनुवाद था।

भगवद्गीता मनुष्य के स्वभाव और इसकी ज़रूरतों को पहचानती है और उन्हें तृप्त करने का प्रयास करती है। वह बताती है कि मनुष्य किस प्रकार एक बौद्धिक, नैतिक और आध्यात्मिक व्यक्ति है। जब तक उसके तर्क का, उसकी नैतिक चेतना का समाधान न हो, इससे बढ़कर उसे आध्यात्मिक अनुभूति न हो तब तक उसे संतोष नहीं हो सकता। जब तक मनुष्य में ये विभिन्न पहलू न हों, उन्हें वह समन्वित करने का प्रयास न करें, तब तक वह सच्चा इन्सान नहीं हो सकता। प्रत्येक विचारशील व्यक्ति के मन में इस संसार के बारे से, इसकी प्रकृति के बारे में, इसके स्वरूप के बारे में कि यह है या नहीं, प्रश्न उठा करते हैं। यह संसार निरतर परिवर्तित होता है, लगातार मिटता है, मृत्यु में भस्म होता जाता है—महानतम कलाकृतियां, महानतम स्थापत्यकला की अनुकृतियां, साम्राज्य, ये सब आते हैं और जाते हैं, राष्ट्र उदय होते हैं, अस्तित्व में आते हैं, कुछ दूर तक तैरते हैं और फिर बाद में डूब जाते हैं। यदि यह सर्वग्रासी काल ही इस संसार की विशेषता है तो हम यह पूछने के लिए बाध्य हैं : क्या यही सब कुछ है या इसके पार भी कुछ है? यह संसार नित्य है, अनादि-अनंत है, यही संसार का स्वरूप है। लेकिन कोई चीज़ अनंत है? अनंत और नित्य में फर्क है, अनंत ईश्वर का वह रूप है, जो अपरिवर्तनीय है और नित्य रूप एक के बाद दूसरे युग में चलता जाता है।

निरंतर खोज के इस अनुभव के साथ ही आध्यात्मिक खोज और धार्मिक अन्वेषण का सिलसिला शुरू होता है। धार्मिक अन्वेषण की वृत्ति का उदय क्षणभंगुरता, जीवन की अनित्यता, काल की क्रूरता, जिसके हम सब लोग शिकार हैं, के अनुभव के साथ ही होता है। हम पूछते हैं : क्या काल ही सब कुछ है? क्या मृत्यु ही सब कुछ है? या कोई कालातीत तत्त्व

भी है? क्या कोई अमर तत्त्व है, जो मृत्यु को भी जीत लेता हो, 'कालस्य कालः' अर्थात् कोई ऐसी चीज़ है जो काल का भी काल हो? प्रत्येक धार्मिक व्यक्ति ये तीन प्रश्न पूछता है। उपनिषद् का ऋषि कहता है : "मुझे असत् से सत् की ओर, मृत्यु से अमृत की ओर और अंधकार से प्रकाश की ओर ले चलो।" वह इस संसार को अंधकारपूर्ण, अनित्य, क्षणभंगुर और असत् मानता है। क्या कोई ऐसी चीज़ है जो अंधकार को जीत सके? क्या कोई ऐसी चीज़ है जो हमें मृत्यु से अमरता की ओर ले जाए?

सत् के ज्ञान के लिए उत्पन्न इस वास्तविक इच्छा का अर्थ यह नहीं है कि सत् है। सिर्फ इसलिए कि हम एक चीज़ की कामना करते हैं, उस चीज़ का अस्तित्व प्रमाणित नहीं हो जाता। यह एक मनपंसद विचार अवश्य हो सकता है। इसलिए एक बुद्धिजीवी के रूप में, एक विचारक के रूप में हम यह जानना चाहते हैं कि क्या कोई ऐसी चीज़ है जो मनुष्य के हृदय में उत्पन्न इच्छाओं के अनुरूप हो? यह सच है कि हम इस संसार से संतुष्ट नहीं हैं, लेकिन क्या कोई दूसरा भी संसार है? क्या कोई ऐसी सत् चीज़ है जो हमें संतुष्ट कर सके? यह सवाल हमारे दिमाग में उठता है। हम अनेक तरीकों से इस सवाल का जवाब दे सकते हैं। भगवद्गीता में कहा है: ब्रह्म विद्या आध्यात्मिक ज्ञान है, सत् का ज्ञान है! योगशास्त्र नैतिक अनुशासन है जो इस ज्ञान को अनुभूति में रूपायित करता है। जब तुम्हें अनुभूति या साक्षात्कार होता है तो तुम ईश्वर को अपने सामने पाते हो, कृष्णार्जुन-संवाद ईश्वर द्वारा मनुष्य का साक्षात्कार है। मैं और तुम का मिलन है। 'नरसखं नारायणं शरणं प्रपद्ये' 'नरसखा' मानव देहधारी होने के नाते, 'नारायण' शाश्वत सखा होने के नाते जो सर्वव्यापक है।

जब हम ब्रह्म विद्या की बात करते हैं तो हम बौद्धिक दृष्टि को अपनाते हैं। हम इस संसार की ओर देखते हैं और सवाल पूछते हैं कि क्या वह संसार, जो पिघले हुए अग्निपिंड से विकसित हुआ है और अमीबा से मनुष्य के रूप में, आत्मा के रूप में रूपायित हुआ है, महज़ एक संयोग की उपज है, आकस्मिक दुर्घटना है; क्या अव्यवस्था इसका नियामक सिद्धांत है, क्या अस्थिरता इसका वास्तविक क्रम है? हमें जबाब मिलता है, "नहीं।"

गीता हमें बताती है : 'तद्विद्धि प्रणिपातेन'। परिप्रश्न तार्किक अन्वेषण

है। तैत्तिरीय उपनिषद् में इसे मनन कहा गया है। वह महान् अध्याय शुरू ही इस प्रकार होता है :

> भृगुर्वै वारुणिः वरुणं पितरम् उपससार।
> अधीहि भगवो ब्रह्मेति। यतो वा इमानि भूतानि जायन्ते।
> येन जातानि जीवन्ति। यत् प्रयान्त्यभिसं विशन्ति।
> तद् विजिज्ञासस्व तद् ब्रह्म तपसा ब्रह्म विजिज्ञासस्व, तपो ब्रह्मेति।

यहां एक बालक अपने पिता के पास जाता है और उनसे पूछता है, "क्या ब्रह्म नाम का कोई सत् पदार्थ है और यदि है तो उसकी प्रकृति क्या है? क्या वह व्यापक और अखण्ड है? क्या उसका इस जड़ जगत् से कोई नाता है?" और पिता उत्तर देते हैं, "जिससे सब पदार्थ उत्पन्न होते हैं, कायम रहते हैं और नष्ट होते हैं, वहीं अन्तिम सत्य है। इस बारे में और अधिक बताने का कोई लाभ नहीं है।" 'तपसा ब्रह्म विजिज्ञासस्व', अर्थात् तप के द्वारा, साधना के द्वारा, अनुभूति के द्वारा, तुम ब्रह्म की प्रकृति को समझने की कोशिश करो। 'तपो ब्रह्म', अर्थात् तप ही ब्रह्म है। उसके अलावा कोई सत् नहीं है। पाणिनि कहते हैं : 'तप आलोचन'। 'लोचन' प्रथम दृष्टि है, 'आलोचन' दूसरी दृष्टि है। तुम इस संसार की प्रकृति का अन्वीक्षण करो और जानने की कोशिश करो कि क्या कोई चीज़ सचमुच स्थायी है, तो तुम्हें जबाब स्वतः मिल जाएगा।

यह एक बौद्धिक सर्वेक्षण है; अनुभव की प्रकृति का वैज्ञानिक ज्ञान है, प्रकृति के रहस्य का उद्घाटन है, परमसत्य के अन्तिम शोध का ज्ञान है और वह शोध यह है कि यह संसार परम आनन्दमय और स्वयम् सत्ता में बद्धमूल है। क्या यही चीज़ ब्रह्म है। "यहां कोई सिद्धान्त नहीं है, कोई प्रमाण नहीं है: हम यह नहीं कहते कि यह ऐसा है और चूंकि हमने ऐसा कह दिया है; इसलिए इसे स्वीकार करो।" उदाहरणार्थ बुद्ध ने कहा था : "परीक्ष्य भिक्षवो ग्राह्यं मद् वाचो नाऽथ गौरवात्।" "गौरव या मेरे प्रति सम्मान होने के कारण मेरे शब्दों को स्वीकार मत करो; परीक्ष्य अर्थात् तर्क से परीक्षा करके और ज़िन्दगी की कसौटी पर घिसकर ही तुम्हें यह खोज करनी चाहिए कि इस संसार में कोई निरपेक्ष सत्य है या नहीं।"

सैद्धांतिक मान्यता एक चीज़ है, व्यावहारिक अनुभति दूसरी चीज़। 'वाक्यार्थज्ञानं नामृतम्' अर्थात् सिर्फ वाक्यार्थज्ञान से तुम अमर नहीं हो सकते। हमें अपने को बदलना होगा, अपनी प्रकृति का पुनर्निर्माण करना होगा, जीवन की भट्टी में हमें तपना होगा। जब तक हम यह सब नहीं करते, तब तक हम उस सत्य तक नहीं पहुंच सकते जिसे हमने अपनी बुद्धि से प्राप्त किया है। बौद्धिक मान्यता व्यावहारिक अनुभूति से बिल्कुल भिन्न चीज़ है। यदि हम व्यावहारिक अनुभूति प्राप्त करना चाहते हैं तो हमें वस्तु सत्य अपनी सारी प्रकृति में उतारना होगा मानव प्रकृति, शरीर, जीवन, मन, बुद्धि और आत्मा आदि विभिन्न तत्त्वों का समवाय है। इन तत्त्वों की प्रकृति परस्पर भिन्न है : हमारा जीवन संघर्ष का एक दृश्य है, और जब तक हम इस संघर्ष को मिटा नहीं डालते और आपस में समन्वय स्थापित नहीं कर लेते, तब तक हम बुद्धि द्वारा सीखे हुए सत्य तक नहीं पहुंच सकते। बौद्धिक अनुभूति एक अलग चीज़ है, व्यवहारगत अनुभव ऐसा है जैसे हम अपने-आप को आग में डाल देते हैं; जिससे हमारी प्रकृति को नया रूप मिलता है और हम जो हैं उनसे भिन्न हो जाते हैं, सारे संसार को देखने के लिए हमें नयी दृष्टि मिलती है। इस प्रकार व्यवहारगत अनुभव सर्वथा भिन्न चीज़ है।

अब योग शास्त्रों की भूमिका शुरू होती है। ब्रह्म विद्या, अर्थात् आध्यात्मिक अनुभूति के बाद हमें भक्ति, ध्यान, योग चाहे किसी भी नाम से क्यों न पुकारें, का मार्ग ग्रहण करना होगा। ये सभी अभ्यास हमें इसलिए बताये गए हैं ताकि हम अपनी प्रकृति को बदल सके और अपने को पूरी तरह से भिन्न मनुष्य बना सकें। यदि हम ऐसा कर पाते हैं तो सत्य हमारे सामने प्रकट हो जाएगा। हम और ईश्वर उसी प्रकार आमने-सामने खड़े होगे जैसे अर्जुन और कृष्ण। वह अनन्तकाल से वहां ही खड़ा है, वह हमेशा हमारे साथ रहता है, हमारा साथी है : 'विहारशय्यासनभोजनेषु'। हम कोई भी काम करें, किसी भी गतिविधि में संलग्न हों, ईश्वर का हम प्रत्यक्ष अनुभव कर सकते हैं। वस्तु सत्य में हमारी एक अन्तर्दृष्टि होती है। जब हमें वस्तु-सत्य की वह अन्तर्दृष्टि मिलती है तो ईश्वर के स्वरूप के सम्बन्ध में अपने

तार्किक विवेचन अपर्याप्त, अवरोधक और अपूर्ण लगने लगते हैं, 'यतो वाचो निवर्तन्ते अप्राप्य मनसा सह मनः' और हमारे शब्द उस परमतत्त्व को अभिव्यक्त करने में असमर्थ होते हैं। बुद्ध फिर कहते हैं : 'अनक्षरस्य धर्मस्य,' अर्थात् सत्य को अक्षर से अभिव्यक्त नहीं किया जा सकता। दूसरे लोग सिर्फ़ रास्ता दिखा सकते हैं : लेकिन उस पर चलना तो हमें अकेले ही होगा इसलिए जो व्यक्ति धर्म को सत्य की अभिव्यक्ति, ईश्वर के साक्षात्कार रूप में मानते हैं वे कभी भी ईश्वर के नामों को लेकर झगड़ा नहीं करेंगे। वे ईश्वर तक पहुंचने के मार्गों को लेकर भी कभी झगड़ा नहीं करेंगे। वे हमें बताएंगे कि ईश्वर हमारे अन्तर्मन में है, वह हमारे अस्तित्व का केन्द्र-बिन्दु है, वह हमारे आंतरिक महल का स्वामी है। यदि हमें उसे पाने के तरीके का ज्ञान हो तो हमें यह अनुभूति भी होगी कि वह हमारे अन्दर ही निवास करता है। चूंकि जीवन में हमें अन्य अनेक चीज़ों में रुचि है इसलिए वह अनचीन्हा ही पड़ा रहता है। यदि हम रहस्य के पर्दे को उठा पायें तो हम उसे अपने सामने देख सकते हैं। यह केवल उसी क्षण संभव हो सकता है जब हम यह महसूस करें कि हम ईश्वर की शरण में हैं। यह ईश्वर को पाने की कोशिश से ही सम्भव नहीं है, न ही उसके बारे में कुछ जानने का सवाल है, बल्कि यह संभव है तब जब वह ज्ञान हमें अपने-आप में समेट ले, ईश्वर हमें अपनी शरण में ले ले, हमें अपना बना ले, दूसरे जीवों से हमें पूर्णतः भिन्न कर दे।

यही तत्त्व है जिसने हमारी संस्कृति में सभी के लिए सौजन्य और उदारता के भाव भरे हैं। यह वह चीज़ है जो हममें यह विश्वास बिठाती है कि हमें बौद्धिक ज्ञान, तात्त्विक ज्ञान, या ब्रह्मविद्या का ज्ञान होना चाहिए। हमें नैतिक अनुशासन या योगमार्ग से गुज़रना होगा। तभी कृष्णार्जुन-संवाद होगा—ईश्वर का मनुष्य से प्रत्यक्ष मिलन। जब हमारा यह मिलन हो जाएगा तो हम भिन्न व्यक्ति हो जायेंगे।

कोई भी योगी हो सकता है, कोई भी भोगी। कोई ऐसा हो सकता है, कोई वैसा। लेकिन एक चीज़ अनिवार्य है कि हम ईश्वर के रंग में रंग जाएंगे, हमारा महान् धाम होगा ईश्वर, और जो कुछ भी हम करेंगे वह दिव्यप्रकृति में प्रतिबिम्बित होगा। कोई सन्देह हमारे दिमाग को परेशान

नहीं करेगा, किसी प्रकार की असहायता हमें नहीं घेरेगी या हम पर हावी नहीं होगी।

अर्जुन-विषादयोग के समान हर व्यक्ति को इस महान् संघर्ष से गुजरना होगा। जो व्यक्ति संदेह नहीं करता या व्याकुल नहीं होता वह सच्चे अर्थों में जीवित व्यक्ति नहीं है। यीशु ने कहा था, "मेरे ईश्वर, मेरे ईश्वर, तुमने मुझे क्यों माफ किया?" महाभारत में द्रौपदी दारुण दुख से चीत्कार कर उठती है : "मेरे पति (लोग) यहां पर नहीं हैं। हे ईश्वर। तुम भी यहां पर नहीं हो। तुम सबने मुझे अकेला छोड़ दिया है। मैं इस निर्जन एकांत में बिल्कुल अकेली हूं। मैं अपने अकेलेपन की नग्नता को अकेले ही झेल रही हूं। मैं असहाय हूं।" यह वह क्षण है जब ईश्वर हमें उस संकट से उबारकर अपनी शरण में ले लेता है और हमारे सम्पूर्ण व्यक्तित्व को बदल देता है। इसलिए भगवद्‌गीता की यह दृष्टि बौद्धिक, नैतिक और आध्यात्मिक है। मनुष्य की प्रकृति के प्रत्येक पक्ष का जवाब इससे मिल जाता है और वह इससे संतुष्ट हो जाता है।

5

शंकराचार्य

हमारी आध्यात्मिक परम्परा कम से कम तीन-चार हजार वर्षों से भी अधिक प्राचीन है। जब-जब हमारे इतिहास में कठिन समय आया, युग-प्रवर्तकों ने जन्म लिया और हमारी परम्परा को नवजीवन की ताजगी प्रदान की।

शंकराचार्य भारत के सांस्कृतिक इतिहास के 'अमर स्तम्भों में से एक हैं। हम देखते हैं कि उन्होंने दूसरे युग-प्रवर्तकों की तरह, अपने उपदेशों में किसी प्रकार की मौलिकता का दावा नहीं किया। उन्होंने उपनिषदों और भगवद्गीता आदि के उपदेशों की व्याख्या इस ढंग से की कि इस युग के सभ्य व्यक्ति भी उसे समयानुकूल समझें। उनकी यह व्याख्या एक नई कृति के रूप में थी। यहां तक कि आज भी हमारे लिए यह बहुत उपयोगी सिद्ध हो सकती है।

शंकर की कृतियों में हमें महान् प्रतिभा, तार्किक सूक्ष्मता और भावों की गंभीरता के दर्शन होते हैं। वह एक ऐसे व्यक्ति थे जिनमें मानव जीवन के सभी पक्ष दिखाई पड़ते थे, लेकिन एक युग पुरानी परम्परा से वे पूरी तरह मुक्त न हो सकें।

ऋग्वेद में लिखा है :

तद् विष्णोः परमं पदं सदा पश्यिन्त सूरयः दिवीव चक्षुरातमम्।

जिस प्रकार नंगी आंख आकाश में रंगों को वनता-बिखरता देखती है उसी प्रकार आत्मा की आंख विष्णु के परमधाम को देखती है; यहां

'पश्यन्ति' शब्द का प्रयोग किया गया है। भगवद्गीता में भी इसका सन्दर्भ मिलता है : 'ब्रह्मसंस्पर्श' अर्थात् ब्रह्म का स्पर्श। हमें सत्य की परीक्षा करनी है। शंकर हमें बताते हैं, 'अनुभवावसानमेव विद्याफलम्' अर्थात् विद्या का फल अनुभव की प्राप्ति से ही मिलता है।

धर्म रूढ़िगत विश्वासों की मान्यता तक ही सीमित नहीं है यह केवल आचार विषयक धर्मनिष्ठा का प्रश्न भी नहीं है। यह मात्र शास्त्रोक्त विधियों का अनुष्ठान भी नहीं है। यह हमारे अपने-आप का पुनर्निर्माण है, हमारी प्रकृति की काया-पलट है। जब तक एक विशेष प्रकार का अनुभव हमें प्राप्त नहीं होता, हम प्रामाणिक रूप से धार्मिक व्यक्ति नहीं बन सकते। उस ढग का व्यक्ति भय से और घृणा से विहीन होता है, अर्थात् 'अभय' और 'अहिंसा' उसके चरित्र के अंग बन जाते हैं। ये विशेषताएं केवल सच्चे तौर पर धार्मिक व्यक्ति में ही होती हैं। हममें से बहुत-से लोग अपने को धार्मिक कहते हैं और कुछ ऐसी चीज़ों को अपना लेते हैं जो धर्म के ब्रह्म रूप में होती हैं लेकिन वह अन्दरूनी परिवर्तन जो हमें सच्चे धार्मिक व्यक्ति के रूप में स्वीकृति प्रदान करता है, हममें से बहुत कम में होता है। धर्म एक ऐसा माध्यम होना चाहिए जिसमें से होकर हम आत्मा के संसार में प्रवेश कर सकें।

मनुष्य आज बौद्धिक स्तर तक पहुंच चुका है लेकिन उसे इससे भी उच्चतर स्तर तक पहुंचना है। यह आध्यात्मिक पूर्णता का स्तर है; विज्ञान से हमें आनन्द तक पहुंचना है। यह वह संक्रमण है जो धार्मिक अनुशासन से ही संभव होता है। प्रत्येक धार्मिक व्यक्ति अपनी अपूर्ण, बेढंगी और विकृत प्रकृति से ऊपर उठने का प्रयास करता है और पूर्णता को प्राप्त करता है और यह पूर्णता केवल उन लोगों द्वारा ही अनुभव की जाती है जो महान् नैतिक अनुशासन में से गुजरते हैं, आध्यात्मिक साधना का अभ्यास करते हैं और यह कहने में समर्थ होते हैं कि 'मैंने ईश्वर को देखा है'—वेदाहमेतं पुरुषं महान्तमादित्यवर्ण तमसः परस्तात्; अर्थात् मैंने बादलों के पार रहने वाले तेजस्वी आदित्यवर्ण वाले पुरुष, अर्थात् ईश्वर, को जान लिया है। यह व्यक्ति सिर्फ यह नहीं कहता कि ईश्वर है; वह अपने शरीर की धमनियों में ईश्वर को महसूस करता है। वह अपने व्यक्तिगत अनुभव से यह कहने में

समर्थ होता है कि उसने ईश्वर को देख लिया है। इस प्रकार का अनुभव ही सभी धार्मिक व्यक्तियों का लक्ष्य होना चाहिए। शंकर इसी आध्यात्मिक जीवन के प्रवर्तक हैं।

जब हमें एक बार अनुभव हो जाता है तो हम उसे अपने शब्दों में, तार्किक प्रस्तावनाओं में अभिव्यक्त करने की कोशिश करते हैं, लेकिन हमारे ऋषियों का कहना है कि इसे अपने शब्दों से या तार्किक प्रस्तावनाओं से पूरी तरह अभिव्यक्त नहीं किया जा सकता : यतो वाचो निवर्तन्ते अप्राप्य मनसा सह ; शब्द अकेले इसे अभिव्यक्त करने में समर्थ नहीं हैं। वे परम तत्त्व की विभूति और विस्तार को पाने के लिए आगे बढ़ते हैं, लेकिन असमर्थ रह जाते हैं। बुद्ध ने भी ऐसा ही कहा है : 'अनक्षरस्य धर्मस्य श्रुतिः का देशना च का।' कहां हैं वे सूक्तियां, कहां हैं वे उपदेश जिन्हें अक्षरों में अभि-व्यक्त नहीं किया जा सकता? जो सत्य अक्षरों से अभिव्यक्त नहीं किया जा सकता उसकी कोई सूक्तियां नहीं हैं, कोई उपदेश नहीं है। प्रत्येक व्यक्ति को उसे अपने में ही ढूंढ़ना होगा। वह अकेला ही साधक है ; और जब वह ईश्वर को प्राप्त कर लेता है तो वह भिन्न आकार की तेजस्वी आत्मा हो जाता है। वह ईश्वर की शरण में चला जाता है।

इसीलिए कहा गया है कि ईश्वरत्व के इस रहस्य को शब्दों में अभि-व्यक्त करना सरल नहीं है :

अग्राह्यम् अलक्षणम् अचिन्त्यम् अव्यपदेश्यम् एकात्म प्रत्यय सारं प्रपंचोपशमं सन्तं शिवम् अद्वैतम्।

हम वर्णनातीत तत्त्व को केवल मांडूक्य उपनिषद् के इन शब्दों में ही अभिव्यक्त कर सकते हैं : शांत, शिब, अद्वैत। मनुष्य अभी तार्किक स्तर पर ही पहुंचा है। वह स्वयं को शब्दों या वर्गों के माध्यम से अभिव्यक्त करना चाहता है। भागवत में हमें बताया गया है : ब्रह्मेति परमात्मेति भगबानिति शब्द्यते। ब्रह्म जो कालातीत है, देशकाल से परे है, किसी भी तर्क-पद्धति से जिसकी व्याख्या नहीं की जा सकती, जो सब देवों का देव है, वही ब्रह्म है। लेकिन यह मत सोचो कि यह अचिन्त्य सत्य है। यह हमारे अन्दर गहरा समाया हुआ है। आत्मा हम स्वयं हैं और परमात्मा हममें अंतर्निहित तत्त्व। जब हम अपने अंदरूनी जीवन के स्वरूप की ओर या

अपनी चेतना की ओर झांकते हैं तो हम पाते हैं कि परमात्मा का अस्तित्वा भी है। इसलिए, हम उसे परमात्मा के नाम से पुकारते हैं, और जब हम ब्रह्माण्ड की ओर देखते हैं तो हमें ऐसा महसूस होता है कि हम भी ब्रह्मांड के ही एक अंश हैं, हम इसे भगवान् के नाम से, ब्रह्मांड के स्वामी के रूप में पुकारते हैं और हम उसके साथ एकाकार होने की कोशिश में, कृष्णार्जुन संवाद में जुट जाते हैं। जिस पदार्थ से होकर ईश्वर का साक्षात्कार करने के लिए व्यक्ति गुजरता है, उसका उल्लेख वहां किया गया है। ब्रह्म, परमात्मा और भगवान् तीन बिभिन्न नाम हैं जिनसे हम एक अवर्णनीय आश्चर्य और रहस्य का बोध करते हैं और जिसे हम अपने हृदय की गहराइयों में महसूस करते हैं। चूंकि इनका वर्णन भिन्न-भिन्न किया गया है, इसलिए इन्हें भिन्न मत समझो। वे एक ही तत्त्व के तीन रूप हैं : जब हम अपनी आत्मा की बात करते हैं तो उसे परमात्मा कहा जाता है ; जब ब्रह्मांड के स्वामी की ओर नज़र दौड़ाते हैं तो उसे भगवान् कहते हैं; और जब हम उसके लोकोत्तर व्यापक रूप की ओर देखते हैं तो उसे ब्रह्म कहते हैं।

यद्यपि शंकराचार्य अपने गीता-भाष्य में कहते हैं कि बहुत-से व्यक्ति संसार को प्रकाशित करने के लिए महान ज्ञान के संदेशवाहक बनकर यहां आये। सभी ऋषि और संत ज्ञान के इस महान् प्रकाश का संदेश देने यहां आये। वे इस संसार में ही पैदा हुए ; उन्होंने हमें ज्ञान प्रदान करने का, ईश्वर तक हमें पहुंचाने का अपना दायित्व समझा ; वे ज्ञान के उस महान् प्रकाश के प्रतीक हैं जिसके तेज को हमारी आंखें बर्दाश्त नहीं कर सकती। इसीलिए, वे हमारे पास भिन्न-भिन्न रूपों में आते हैं और हम उन संतों, आचार्यों आदि तक, जो हमें एक स्तर से दूसरे स्तर तक पहुंचाते हैं, पहुंचने की कोशिश करते हैं। यही सत्स्वरूप ब्रह्म है। भगवान्, परमात्मा और ज्ञान के तेजस्वी प्रकाश के संदेशवाहक आचार्य, अवतार आदि इसके विभिन्न चरण हैं।

शंकर के यह कहने का क्या आशय है कि संसार एक निम्नतर स्तर की एक चीज़ है? ब्रह्म लोकोत्तर यथार्थ रूप है। इस संसार की भी यथार्थता है, लेकिन यह यथार्थता निम्नस्तर की है, इसका अस्तित्व क्षण-भंगुर है। इसे उन्होंने पारमार्थिक कहने के बजाय व्यावहारिक कहा है। यह

किसी मनुष्य का स्वप्न नहीं है। सूत्र-भाग्य इन महावाक्यों से आरम्भ होता है :

एवमयमनादिरनन्तो नैसर्गिको मिथ्याप्रत्ययः रूपः।
कर्त्तत्वभोक्तृत्वप्रवर्त्तकः सर्वलोकप्रत्यक्षः।

'सर्वलोक प्रत्यक्षम्' अर्थात् सारा संसार प्रत्यक्ष हैं। यह हमारे दिमाग का सिर्फ स्वप्न नहीं है। यह सत् है, चारों ओर फैला हुआ है। यह ऐसा क्षणिक नहीं है कि इसे एक ही व्यक्ति देख सके, दूसरे नहीं। सूत्रों में अनेक स्थलों पर कहा गया है कि संसार को अविद्यमान नहीं कहा जा सकता। यदि यह अविद्यमान होता तो यह हमारे लिए अग्राह्य होता। संसार की यही ग्राह्यता इसकी विद्यमानता की ओर संकेत करती है न कि इसकी अविद्यमानता की ओर। इसकी तुलना स्वप्न के साथ नहीं की जा सकती, क्योंकि जागरितावस्था और स्वप्नावस्था में बुनियादी फर्क है। इसलिए यह स्वप्न नहीं है, अविद्यमानता नहीं है, यह अनादि है; और इस संसार में उत्पन्न प्रत्येक व्यक्ति इस ब्रह्मांड का अंश है। इसकी तुलना न तो बुनियादी सत्य के साथ की जा सकती है और न ही इसके अस्तित्व को भ्रामक माना जा सकता है। शंकर ने अनेक स्थलों पर कहा है—'मोक्षायते संसारः' अर्थात् इस संसार का उद्देश्य है मोक्ष प्राप्त करना। इस संसार में हमारा जन्म इन अवसरों का लाभ उठाना है जो हमें इस संसार द्वारा दिये जाते हैं जिससे कि हम इस संसार से निकलकर ज्ञान के स्तर तक पहुंच सकें।

बहुत-से लोग तर्क करते हैं : "क्या वे जाति-प्रथा में विश्वास करते थे? क्या वे भेद-भाव, ऊंच-नीच को मानते थे?" चाहे कुछ भी क्यों न कहा जाय, उन्होंने अपने भाष्य में मुक्ति पाने के अधिकारी मनुष्यों के प्रश्न को उठाते हुए कहा है, 'पुरुषमात्रसम्बन्धिभिः' अर्थात् "जिसमें भी मनुष्य का तत्त्व है, वह ज्ञान और मुक्ति का अधिकारी है।" चाहे वह इस वर्ण का हो या उस वर्ण का। ये भेद वास्तबिक नहीं है। यदि हममें सच्चे मनुष्य का कोई तत्त्व मौजूद है तो हम ज्ञान और मुक्ति के अधिकारी हैं। हम ज्ञान प्राप्त कर सकते हैं। ऐसे भी उदाहरण मिलते हैं जब ऊंची जाति न होने पर भी लोगों ने मुक्ति प्राप्त की है।

ज्ञान-प्राप्ति के बाद क्या होता है? क्या हम लुप्त हो जाते हैं? ब्रह्म

का ज्ञाता ब्रह्म हो जाता है। ऐसा कैसे होता है! क्या वह संसार को छोड़ देता है? सूत्रों में एक सूत्र हैं जिसका कहना है :

वशिष्ठ, भृगु, नारद, सनत्कुमार ये सब दिव्य प्रतिभा के स्वामी थे। वे सभी ज्ञानमय पुरुष थे—वे सांसारिक कार्यों में ही जुटे हुए थे। जब ब्रह्मांड की सारी प्रक्रिया रुक जाएगी, जब सारी बुराइयां दूर हो जायेंगी, जब दुराचार मिट जायगा, और जब सभी मनुष्य सदाचारी हो जायेंगे, तब सूर्य रुक जायेगा और ठंडा हो जाएगा। तब हम लोकोत्तर ब्रह्म की अपेक्षा संसार के स्वामी को अपने अधिक नज़दीक पायेंगे। यह अनुभूति हमारे हृदय में ही होती है, लेकिन जहां तक संसार का सम्बन्ध है, हम फिर भी ब्रह्मांड के स्वामी या भगवान् से सम्पर्क साधते हैं। अपय्य दीक्षितर कहते हैं :

"भाष्यकारोऽपि अतिस्पष्टं मुक्तस्य सगुणेश्वरभावापत्तिमाह।"

वह जान लेते हैं कि शंकर जीवन्मुक्त या मुक्त के बारे में बताते हैं। उनका कहना है कि भगवान् इस दुनिया का संचालन करता है और जब ब्रह्मांड की यह सारी प्रक्रिया अवरुद्ध हो जाती है तो सभी कुछ ब्रह्म में समाहित हो जाता है।

इसलिए शंकर की कृतियों में हम धर्म को एक अनुभव के रूप में देखते हैं। इसे तार्किक शब्दों में अभिव्यक्त करना असम्भव है। इसलिए प्रत्येक अनुमान और प्रत्येक वर्णन को ध्यानपूर्वक स्वीकार करो। अहंकार की ऐसी भावना अपने शब्दों में विकसित मत करो जो तुम्हें यह सोचने को बाध्य कर दे कि "मैंने ईश्वर को देखा है और जिस ढंग से मैंने उसके दर्शन किये हैं, प्रत्येक व्यक्ति को ईश्वर के दर्शन के लिए वही ढंग अपनाना चाहिए।" इस संसार में ईश्वर तक पहुंचने के उतने ही तरीके हैं, जितने मानव-हृदय हैं। प्रत्येक पर यह दिव्य सिद्धान्त लागू होता है और प्रत्येक को एक ऐसे मार्ग से गुज़रना होता है जो उसके हृदय के रक्त से लिखा गया हो। मनुष्य को इस संसार में तब तक कार्यशील रहना है, जब तक वह मुक्त नहीं हो जाता है। यहां तक कि श्रीकृष्ण और जनक को भी, जो दिव्य प्रतिभा के धनी थे, संसार के इस रास्ते से गुज़रना पड़ा था; उन्होंने हमें अपने-आपको ऊपर उठाने में सहायता प्रदान की। इन मुक्त आत्माओं को तब तक अपना दायित्व निभाना है जब तक संसार का यह चक्र चल रहा है।

यहां एक ऐसा धर्म है जो हमें अंतिम प्रमाण के रूप में कुछ भी स्वीकार करने को नहीं कहता। यह नहीं कहता कि 'इस प्रकार' भगवान् ने कहा। यह हमें स्वयं परीक्षा करने की, यह जानने की कि इस संसार में हमारे जन्म लेने का उद्देश्य क्या है, सलाह देता है। ब्रह्मांड की इस प्रक्रिया रूपी सीढ़ी के पांच चरण हैं : अन्न, प्राण, मन, विज्ञान, आनन्द। हम विज्ञान के स्तर पर हैं। हमें आनन्द के स्तर तक उठना है। यह कोई ऐसी प्रस्तावना नहीं है जिसकी परीक्षा की जा सके। हम अविकसित हैं, हम अपूर्ण हैं, हमें पूर्णता को प्राप्त करना है। हमें घृणा और नफरत से ऊपर उठना है और ब्रह्म के ज्ञान के स्तर तक पहुंचना है—यह बात प्रत्येक मनुष्य के हृदय द्वारा प्रमाणित होती है। प्रत्येक जिज्ञासु और साधक जानता है कि वह अपनी वर्तमान स्थिति से असंतुष्ट है। इसलिए, उसे उठकर एक ऐसे उच्चतर स्तर तक पहुंचना है जिसे हम शब्दों में अभिव्यक्त नहीं कर सकते। जो सहिष्णु है उनका आदर करो। इस संसार को स्थायी मत समझो बल्कि ऐसा समझो कि यह ईश्वर द्वारा निर्मित है और इसलिए, ईश्वर पर आश्रित रहो। यह पूरी तरह से स्वतन्त्र नहीं है। नैतिक और आध्यात्मिक साधना का अभ्यास करो। सर्वोच्च स्तर को प्राप्त करो और दुनिया की खुशी के लिए कार्य करो।

बहुजनहिताय
बहुजनसुखाय

बहुत-से ऐसे लोग हैं जो यह सोचते हैं कि जिस कार्य की उन्होंने बुनियाद रखी, वह अभी अपूर्ण है, अधूरा है। वे समन्वय और सार्वभौमिक एकता के भविष्यवक्ता थे। उन्हें अद्वैतवादी दार्शनिक कहा जाता है। अद्वैत का यह अर्थ नहीं है कि संसार का अस्तित्व नहीं है। इसका अर्थ है कि संसार में सिर्फ एक ही सर्वोच्च सत्य व्याप्त है—ईशावास्यमिदं सर्वम्।

शंकराचार्य ने देखा कि लोग शिव, शक्ति, विष्णु आदि अनेक देवताओं की पूजा करते हैं। उन्होंने इन सभी देवताओं को विधिसम्मत और ब्रह्म के वैध रूपों में देखा और हमें इन नामों और दूसरी चीज़ों को लेकर झगड़ा न करने की सलाह दी। उन्हें 'षणमतस्थापनाचार्य' के रूप में माना गया। यदि आज वे जीवित होते, तो दूसरे धर्मों में भी समन्वय की भावना का समर्थन

करते जो इस देश में और इस संसार में आज भी प्रचलित हैं। वे लोकतन्त्र में विश्वास करते थे और लोकतांत्रिक व्यक्ति के रूप में ही समन्वय और एकता का प्रचार करते थे।

यदि हम लोकतन्त्र को सही अर्थ में ग्रहण करें तो लोकतन्त्र नाम है विभिन्नताओं को बर्दाश्त करने का, संसार की विविधता की स्वीकृति का उन्हें प्रोत्साहित करने का न कि उन्हें नष्ट करने या मिटाने का। यदि हममें मतभेद हैं तो हमें उन्हें शांतिपूर्ण तरीकों से दूर करना होगा। सीधा हमला या हिंसा लोकतन्त्र की भावना के विरुद्ध है। लोकतन्व हमसे यह अपेक्षा करता है कि हम प्रत्येक व्यक्ति को पवित्र समझें, उसे ब्रह्म का एक अंश समझें और कभी भी अन्तिम सत्य पर अपना एकाधिकार न समझें। लोकतन्त्र के इसी स्वरूप को आज हमारे देश में भी स्वीकार किया गया है। हमसे यह अपेक्षा की जाती है कि इस देश का प्रत्येक व्यक्ति अपनी आध्यात्मिक सम्भावनाओं को विकसित करने के अवसर का लाभ उठाये।

यह तब तक सम्भव नहीं है जब तक हम उन्हें भोजन, कपड़ा और मकान मुहैया नहीं करते। इस देश की सबसे बड़ी समस्या है भयानक गरीबी। यदि एक तरफ धन-सम्पत्ति का विशाल ढेर पड़ा हो और दूसरी तरफ भयानक गरीबी हो तो यह मानना चाहिए कि यह उस व्यक्ति के लिए महान् चुनौती है जो लोकतन्त्र में विश्वास रखता है। यदि हम लोकतन्त्र में विश्वास रखते हैं तो हमारा यह प्रयास होना चाहिए कि हम इन भिन्नताओं को कम करें, इस खाड़ी को भरें और यह देखें कि देश की सम्पत्ति का लाभ सभी लोगों को मिलता रहे। किसान, खेतिहर और कारखाने का मज़दूर—सभी राष्ट्रीय सम्पत्ति के उत्पादन में अपना योगदान करते हैं। यदि वे योगदान करते हैं तो उनका यह भी अधिकार है कि वे अपने पसीने की कीमत वसूल करें। सर्दियों से हमने सभ्यता की सीमा से दूर रखकर अपने ही विशाल जन-समुदाय का, पुरुषों और स्त्रियों का दमन किया है, उन पर अत्याचार किए हैं, उसके लिए हम उत्तरदायी हैं और हम आज उसकी सज़ा भी भुगत रहे हैं। यदि हमें इस दुश्चक्र से बाहर निकलना है तो हमें लोकतंत्र में अपने विश्वास का परिचय इसी रूप में देना होगा कि हम समानता के स्तर पर, केवल कानून या संविधान तक ही नहीं, दैनिक जीवन में सभी

लोगों कास्तर ऊपर उठायें और उन्हें सभी तरह के अधिकार प्रदान करें। यह वह काम है जिसे आज हमें करना है। अभी तक यह काम न करने के कारण हमें बहुत नुकसान उठाना पड़ा है। यदि हम अतीत से कुछ भी नहीं सीखते तो हमें दुबाराअतीत में जीना होगा। यदि हम पर विदेशी आक्रमण होता है या देश के अन्दर ही कोई बवण्डर उठता है तो इसका कारण यही होगा कि हम अपने बुनियादी सिद्धान्तों के प्रति वफादार नहीं हैं। सच्चे अर्थों में उनके प्रति हमारा विश्वास न होकर केवल मौखिक विश्वास ही है। यही भावना हमें दूसरे देशों को भी यह सिखाने को बाध्य करती है कि हम सब एक यूनिट के रूप में परस्पर सहयोग करते हुए विश्व-समुदाय के निर्माण की ओर कदम बढ़ायें। जिस प्रकार हम यह मानते हैं कि भगवान् की उपासना विष्णु, शिव या शक्ति किसी भी नाम से की जा सकती है, उसी प्रकार हमें संसार के देशों के लिए यह रुख नहीं अपनाना है कि कुछ देश काले हैं और कुछ बिल्कुल गोरे। दुनिया में कोई देश बिल्कुल गोरा नहीं है। दुनिया में कोई देश बिलकुल काला नहीं है। कुछ देशों ने कतिपय विशेषताएं अर्जित कर ली हैं और कुछ ने वे विशेषताएं अर्जित नहीं की हैं। यदि हम शान्ति-पूर्ण सह-अस्तित्व के सिद्धान्त में विश्वास रखते हैं और यदि हम विश्व की एकता के लिए प्रयत्नशील हैं, तो इसका कारण है—लोकतन्त्र की हमारी यह भावना। जिस प्रकार हम यह नहीं कह सकते कि हमारे देश में प्रचलित यह धर्म अच्छा है, वह धर्म बुरा—व्यक्ति अपनी इच्छानुसार किसी भी धार्मिक विश्वास को अच्छा या बुरा बता सकते हैं—उसी प्रकार एक राष्ट्र के रूप में, एक शासक के रूप में, हमारा किसी से पक्षपात नहीं है, हमारे कोई पूर्वाग्रह नहीं हैं अथवा किसी को उपेक्षित रखने का ऐसा कोई हठ नहीं है। सार्वभौम दृष्टि से भी यह आवश्यक है कि सभी देश अपने संकीर्ण घेरे से बाहर निकलें, आर्थिक गुलामी से ऊपर उठे और हमारे लोग विश्व के प्रति दायित्व की भावना अपने मन में रखें। लोकतन्त्र हमसे यही सब करने की अपेक्षा रखता है।

हम लोकतन्त्र की बात करते हैं लेकिन मौका आता है तो अपनी जाति, समुदाय या धर्म के व्यक्ति को ही प्राथमिकता देते हैं। जब तक हममें इस ढंग का लालच बना रहता है तो इसका अर्थ है कि हमारा लोकतन्त्र एक

अवास्तविक ढंग का लोकतन्त्र है। हमें मनुष्य का मनुष्य के रूप में सम्मान करना होगा और उन लोगों के लिए विकास के अवसर जुटाने होंगे जिन्हें इसकी आवश्यकता है, न कि उन लोगों के लिए जो हमारे समुदाय या वर्ण के हैं। पक्षपात और भाई-भतीजावाद की इस भावना के कारण ही हमारे अपने देश में इतना असन्तोष और दुराचार है। यदि कोई हमसे हमारी इस दुरवस्था का कारण पूछता है तो हमें तारों की ओर संकेत नहीं करना चाहिए और न ही यह कहना चाहिए कि ईश्वर ने हमें दण्ड दिया है। हमें दोष मढ़ना चाहिए अपने अन्याय पर, अपनी देशद्रोहिता पर और उस बात पर जिसके कारण हम अपने ही द्वारा प्रचारित आदर्शों से पीछे हट गए है। हमारे संविधान में सर्वोत्तम आदर्शों को स्थान दिया गया है लेकिन हममें से कितने लोग हैं जो सच्चे अर्थों में उनका पालन करते हैं !

सच्चे अर्थों में लोकतन्त्र में आस्था रखने वाले व्यक्तियों को किसी भी प्रकार के भ्रष्टाचार को, भाई-भतीजावाद को और जातीय पूर्वाग्रहों और दंगे-फसाद को बर्दाश्त नहीं करना चाहिए। ये बुराइयां सारे देश में फैली हुई हैं और इन्होंने हसारे देश को अपमानजनक स्थिति में पहुंचा दिया है। हम निदान भी जानते हैं, तथा उपचार भी और हमें करना सिर्फ यह है कि हम प्राचीन ऋषियों के आदर्शों पर ध्यान दें, चाहे किसी भी धर्म के अनुयायी हम क्यों न हों। उनके अनुसार हमें सारे विश्व को एक परिवार के रूप में समझना चाहिए। लोकतन्त्र की हमें गम्भीरता से रक्षा करनी चाहिए।

6

बुद्ध

ईस्वी युग के आरम्भ के बहुत समय पहले ही बौद्ध धर्म संसार के अनेक भागों में फैल चुका था। उस समय भी जब संचार-साधन नहीं थे, जब एक जगह से दूसरी जगह जाने के लिए अनेक पहाड़ियों और रेगिस्तानों से होकर गुज़रना पड़ता था, बौद्ध धर्म सारे संसार में एक छोर से लेकर दूसरे छोर तक, विशेष रूप से पूर्व में, बिना किसी बाधा के फैलता चला गया। यहां तक कि आज भी संसार में ऐसे लोगों की संख्या बहुत अधिक है जो बुद्ध के सन्देश से प्रभावित होते हैं। मैं एक-दो उदाहरण प्रस्तुत करता हूं।

अनातोले फ्रांस अपनी आत्मकथा में लिखते हैं :

पहली मई, 1890 को किस्मत ने मुझे पेरिस स्थित मुसी गिमेत की यात्रा करने पर मजबूर कर दिया। वहां मेरी आंखें प्रशान्त और सहज मुद्रा में अवस्थित एशियाई देवी-देवताओं के बीच निश्चल खड़ी हुई बुद्ध की मूर्ति पर टिक गयीं—वह बुद्ध जिसने मानव-व्यथा को मिटाने के लिए प्रज्ञा और करुणा की सीख दी। यदि पृथ्वी पर कहीं ईश्वर है, तो मैंने उसे यहां महसूस किया। मेरी इच्छा हुई कि मैं इसके सामने घुटने के बल बैठकर इसे ही ईश्वर मानकर प्रार्थना करूं।

अनातोले फ्रांस ईश्वर को न मानने वाले नास्तिक व्यक्ति के रूप में प्रसिद्ध थे। सन् 1932 में न्यू स्टेट्समैन में एक पुस्तक की समीक्षा करते बर्ट्रेण्ड रसल ने लिखा:

"संसार में प्रचलित सभी धर्मों के प्रति मेरा झुकाव सबसे अधिक बौद्ध

धर्म के प्रारंभिक रूप पर है।"

जनरल सर आइन हैमिल्टन, विन्स्टन चर्चिल के लिए विरासत में बुद्ध की एक प्रतिमा छोड़ गये और कह गये कि "यदि कभी तुम्हारा दिमाग परेशान या किसी उलझन में पड़ा हो तो तुम इस प्रभिमा की ओर देखना, तुम्हें शान्ति मिलेगी।"

आखिर उनके सन्देश में ऐसा क्या है जो सभ्य और बुद्धिमान लोगों को भी इस कदर आकर्षित करता है? इसका कारण यह है कि उनका सन्देश अत्यन्त बौद्धिक और आध्यात्मिक है। बौद्धिक इसलिए चूंकि वे संसार की ओर देखते हैं, उसकी समस्याओं को खोजते हैं, समस्याओं का समाधान ढूंढ़ने की कोशिश करते हैं और आखिर में समाधान ढूंढ़ भी लेते हैं। वे अपने राजमहल से बाहर निकलते हैं, संसार की ओर देखते हैं, मृत, रोगी और वृद्ध पुरुषों की ओर उनकी नज़रें उठती हैं और वे कहते हैं, "क्या यह संसार मृत्यु, बीमारी और वृद्धावस्था से भरा हुआ है? क्या काल सभी चीज़ों का संहारक है? या उससे बचने का भी कोई उपाय है?"

"जन्म और मृत्यु काल के प्रतीक हैं। इनसे हमें काल की उस क्रूरता का बोध होता है जिसने सभी महानतम सभ्यताओं को, महानतम कला-कृतियों को और महानतम साम्राज्यों को मिट्टी में मिला दिया। जब मैं यह देखता हूं तो इच्छा होती है कि मैं काल की पकड़ से आज़ाद हो जाऊं, मैं काल को जीतना चाहता हूं। मैं काल पर विजयी होना चाहता हूं और जहां तक मेरी दृष्टि का सम्बन्ध है, मैं कालरहित बनना चाहता हूं।"

वह साधु, जिसने मुक्ति की खोज के लिए इस संसार को त्याग दिया, बुद्ध था। उसके बाद, बुद्ध ने कहा, "मैं क्यों न उस रास्ते का अनुसरण करूं? इस देश के बहुत-से लोगों ने अपने घर-बार छोड़े हैं और घर-बार से विहीन जीवन जीते रहे हैं और आध्यात्मिक पूर्णता की खोज में परिव्राजक बन गये हैं। मैं क्यों न इसी ढंग की यात्रा पर निकलूं? यह विचार बुद्ध के मन में कौंधा, उन्होंने निश्चय किया और इस जीवन में उतर आये, जंगलों में भटके, अनेक गुरुओं से सवाल पूछे, तात्त्विक रहस्य को जानने की कोशिश की, और तब उन्हें अनुभव हुआ कि जब तक वे अपनी वासनाओं को जीत नहीं लेते, इच्छाएं मिट नहीं सकतीं। अपनी भूख, वासनाओं आदि

को जीत लेने पर ही इच्छाओं का अन्त होता है।

तब वे बोधिवृक्ष के नीचे बैठे और यह निश्चय किया कि जब तक वे अपनी इच्छाओं का अन्त नहीं कर लेते, पूर्णता की मंज़िल तक नहीं पहुंच जाते तब तक अपने स्थान से नहीं हिलेंगे। उसके बाद उनका शरीर क्षीण होने लगा, वे पतले-दुबले हो गये; उन्हें अपने स्थान से हटाने के लिए अनेक लालच दिये गये। उन्होंने सभी तरह के प्रलोभनों को जीता और बुद्ध बनकर जागृत होकर, ज्ञानमय होकर ही उस स्थान से उठे। उन्हें मुक्ति का रहस्य मिल गया।

बोध गया से ज्ञान-प्राप्ति होने के बाद, वे सारनाथ पहुंचे और उन्होंने अपना पहला उपदेश दिया : 'धर्मचक्रप्रवर्त्तनाय' अर्थात् धर्मचक्र के प्रवर्तन के लिए। उनके उपदेश इसी वाक्य से शुरू होते हैं कि मनुष्य को अपने नैतिक जीवन में आत्मसन्तोष और आत्मसंयम दोनों की अतियों से बचना चाहिए। अपनी भूख और वासनाओं को खुला छोड़ देने से अथवा अपने शरीर को गला देने से—दोनों से ही—कुछ नहीं मिलता। हमें मध्य मार्ग अर्थात् बीच का रास्ता अपनाना चाहिए। अपने उपदेश में उन्होंने यह बताया; उसके बाद उन्होंने चार अन्य सत्यों का भी अनावरण किया। जीवन दुःखमय है, दुःख का कारण है, इससे बचने का उपाय भी है और यह निर्वाण से ही सम्भव है। इन चार बुनियादी सत्यों को पहली बार सारनाथ में प्रकट किया गया।

जीवन दुःखमय है। जहां तक इस कथन का सम्बन्ध है, हर कोई इससे सहमत हैं। उन्होंने कोई भी बात हमें आप्तवाक्य के रूप में स्वीकार करने के लिए नहीं कही। वे एक बौद्धिक विचारक थे, वे एक अनुभवसिद्ध विचारक थे वे। चाहते थे कि हम संसार की ओर देखें और खोजें कि इस संसार की सचाई क्या है। हम पाते हैं कि सब कुछ दुःखमय है।

यह संसार दुःख और कष्ट से भरा हुआ है, 'लोकं शोकहतं च समस्तम्'। यहां कोई भी चीज़ नित्य नहीं है। हर चीज़ क्षणिक है, विनाशी है, कोई भी चीज़ चिरस्थायी या स्थिर नहीं है। केवल शाश्वत और नित्य चीज़ ही मनुष्य को सुख दे सकती है। प्रत्येक विचारक संसार के प्रति असन्तोष की गहरी भावना के साथ ही अपनी धार्मिक खोज शुरू करता

है।

इन दुःखों से बचने का उपाय भी होना चाहिए। ईसाई गॉस्पल्स का कहना है कि सूली पर लटके ईश्वर के शब्द ही अन्तिम नहीं हैं। सूली पर लटकना अन्त नहीं है। पुनर्जीवन, आध्यात्मिक पुनर्जीवन लक्ष्य हैं, इसलिए प्रत्येक धर्म हमें बताता है कि यह संसार जैसा कि हमें दिखाई पड़ता है जैसा कि हम इसे पाते हैं, क्षणभंगुर हैं, असन्तोषजनक हैं। ऐसा क्यों है? हम क्यों इस असन्तोषपूर्ण स्थिति में पड़े हुए हैं? दूसरे सिद्धांत में हमें बताया गया है : तृष्णा, प्यास, लालसा, इच्छा, स्वार्थपरता, अज्ञान और भूख, जिनका सम्बन्ध हमारे ज्ञान और इच्छाशक्ति से है हमारे सन्तोष के मूल और वास्तविक कारण हैं। यदि तुम अपने अज्ञान को दूर कर सकते हो, यदि तुम प्यास को जीत सकते हो और इसकी बलि चढ़ा सकते हो, यदि तुम अविद्या या अज्ञान से छुटकारा पा सकते हो तो तुम्हें बोधि या ज्ञान की प्राप्ति हो जाएगी। यह कहने में तो आसान लगता है लेकिन करने में कठिन है। इसीलिए बुद्ध ने कहा था : मनुष्य को अपने आंतरिक स्वरूप का आमूल परिवर्तन करना होगा। मनुष्य को अपने-आपका पुनर्निर्माण करना होगा, उसे पूरी तरह से एक भिन्न व्यक्ति बनना होगा। न तो यह किसी प्रकार के केशवर्धन या मुंडन आदि अनुष्ठानों, न मन्दिर में जाने से और न ही मन्त्रपाठ करने से सम्भव हो सकता है। वे कहते हैं :

केशाः किमपराध्यन्ति क्लेशानां मुण्डनं कुरु।
सकषायस्य चित्तस्य काषायैः किं प्रयोजनम्॥

तुम्हारे बालों ने क्या अपराध किया है?
अपने हृदय के दोषों को दूर कर डालो।

यदि मन मलिन हो तो भिक्षु का वेश धारणा करने से क्या फायदा होगा? तुम्हारे भगवे वस्त्र-धारण से क्या होगा? इसके लिए कर्मकांड, शास्त्र-सम्मत विधि-विधान, भिक्षु का वेश धारण करना ज़रूरी नहीं है बल्कि ज़रूरी है अपने-आप का पुर्निर्माण। यही आवश्यक है। उन्होंने हमें नैतिकता के अष्टमार्गी उपाय के बारे में बताया। उन्होंने हमें बताया कि अपनी प्रकृति की निम्नवासनाओं को जीतने के लिए हमें किस प्रकार से अनेक प्रयत्न करने हैं; अपने हृदय के दोषों से किस प्रकार छुटकारा पाना

है। इसलिए उन्होंने कहा : तुम्हारे लिए यह मार्ग अपनाना आवश्यक है, तभी तुम निर्वाण प्राप्त करोगे। निर्वाण क्या है? क्या इसका अर्थ है कार्यों का रुक जाना? वे साधु सिंह को बताते हैं, "केवल गलत कार्यों को छोड़ने के लिए ही मैं तुम्हें कहता हूं न कि अच्छे कार्यों को। निर्वाण से मेरा अभिप्राय है वासना, स्वार्थपरता, मूर्खता, अज्ञान का विनाश न कि सभी कार्यों का। निर्वाण आनन्द और ज्ञान की स्थिति है; यह एक प्रकार का ब्रह्म-विहार है, जहां तुम्हें ब्रह्म में निवास करने का सुख प्राप्त होता है। वहां तुम सभी व्यक्तियों के लिए प्रेम को विकसित कर सकोगे; एक-दूसरे में फूट डालने वाली छोटी-छोटी वासनाएं तुममें न रहेंगी, जोकि आज संसार को विनाश के कगार पर खींच रही है।"

बौद्ध धर्म की शिक्षा प्रचारित करने का तब तक क्या फायदा, जब तक अपने दैनिक जीवन में हम उसका पालन न करें? बहुत-से धर्म संसार में इसीलिए विफल रहे हैं चूंकि वे सच्चे धर्म के बजाय पेशेवर धर्म का रूप धारण कर चुके थे; सहिष्णुता, बोध, ज्ञान सभी लोगों को मिलाकर बुद्ध की महान् शरण में लाना आदि बातों का हम प्रचार तो करते हैं, लेकिन स्वयं उनका पालन नहीं करते।

बुद्ध ने जो संदेश हमें दिया, उसका मूल्य स्थायी है, शाश्वत है, उसका स्वरूप कालरहित है, लेकिन हम उस महान गुरु के अयोग्य वंशज हैं। वह एक ऐसा व्यक्ति था, जो श्रेष्ठ था, समय से ऊपर था, उसने संसार त्यागा और हमें बताया कि हमें अपने संतुलन, शांति, प्रेम और मैत्री को बनाए रखने के लिए क्या करना होगा। वर्तमान वातावरण को बदलकर ही हम भाई-भाई के प्रेम से आप्लावित वातावरण में रह सकते हैं। हम अनेक भागों में, अनेक संप्रदायों में, अनेक समुदायों में, अनेक राष्ट्रों में बंट चुके हैं और एक-दूसरे से लड़ते हैं। और यह संसार झगड़े और नफरत से टूट चुका है। बुद्ध ने क्या कहा? क्रोध को अक्रोध से जीतो। क्या हम ऐसा कर रहे हैं? क्या हम आज प्रेम का पालन कर रहे हैं? यदि कोई मनुष्य इसका पालन नहीं करता तो वह अपने-आप को बुद्ध का अनुयायी कहने के योग्य नहीं है।

इसलिए इस संसार में यह ज़रूरी है कि हम दुःख भोगें, बड़े से बड़े कष्ट से होकर गुज़रें, अपने जीवन को जोखिम में डालें, अपने हृदय को

विदीर्ण करें और फिर उसका पुनर्निर्माण करें। हमें अपने हृदय को बोधि-हृदय, ज्ञानमय हृदय और प्रेमपूर्ण हृदय बनाना होगा। यदि हम ऐसा करने में समर्थ हो जाते हैं तो यह संसार पहले की अपेक्षा अधिक अच्छा निवास-स्थल बन सकेगा। क्या कारण है कि बुद्ध की शिक्षाओं के 2,500 वर्ष बाद बौद्ध राज्य आपस में एक-दूसरे से लड़ रहे हैं? वे परस्पर एकता या सामंजस्य के वातावरण में कार्य नहीं कर पा रहे हैं। यह कहना व्यर्थ है कि यह दोष भाग्य का है। दोष हमारे अन्दर है। हमें अपने हृदयों की सफाई, करनी होगी, हमें अपने-आप को पुनर्निर्माण करना होगा। हमें अपनी प्रकृति की छानबीन करनी होगी और हमें अपने-आपको एक भिन्न व्यक्ति बनाना होगा। महान् बुद्ध ने हमें यही पाठ सिखाया था। यदि हम अपने महान गुरु के सच्चे अनुयायी हैं तो हमारा यह कर्त्तव्य है कि हम सिर्फ बातों में ही नहीं, अपने आचरण में भी उनकी शिक्षाओं का अनुसरण करें, अपने-आपको एक भिन्न व्यक्ति बनायें। तभी संसार का भी भिन्न रूप उभर सकेगा।

बुद्ध के जीवन में हम दो पक्ष देखते हैं, ज्ञान के विकास की ओर अग्रसर होने के लिए ध्यान योग और शेष समय में मानवसेवा। ज्ञान और सेवा के ये दो तत्त्व किसी भी धर्म के अनिवार्य तत्त्व होते हैं। बुद्ध से पूर्व, यद्यपि हमारे देश में ऐसे आचार्य थे जो शास्त्रविधियों के पालन की अपेक्षा आत्म-ज्ञान को अधिक महत्त्वपूर्ण मानते थे, फिर भी इस देश के अधिकांश लोग कर्मकांड का ही अनुसरण करते थे, बिना सत्य का ज्ञान प्राप्त किये, जो हमारी अपनी प्रकृति को प्रकाशित करता है। केवल बाहरी कर्मकांड का अनुसरण करने से धर्म के वास्तविक महत्त्व को हम समझ नहीं सकते। मनुष्य को अपने-आप के भीतर ही मनन करना होगा, ध्यान लगाना होगा और उस सत्य को अनुभव करने की कोशिश करनी होगी जिसकी ये सब चीज़ें अभिव्यक्त रूप हैं। बुद्ध उन दिनों में प्रचलित धर्म के स्वरूप से असंतुष्ट थे, जैसा कि एक सिद्ध पुरुष कहते हैं, "हम दया चाहते हैं, बलिदान नहीं।" हम सच्ची सहायता और मानव-प्रेम की आकांक्षा करते हैं। हमें इसीकी आवश्यकता है और हमें दूसरे किसी भी प्रकार के तरीके और कर्म-कांड नहीं चाहिए। उन्होंने कर्मकांड का विरोध किया और कहा कि इन कर्मकांडों से हम अंतिम सत्य तक नहीं पहुंच सकते। यदि हम सत्य पाना

चाहते हैं तो हमें वही करना होगा जो बुद्ध ने किया था।

उन्होंने संसार की ओर देखा, मृत्यु, बुढ़ापे और बीमारी के भय से कांपते मनुष्यों पर उनकी दृष्टि पड़ी। क्या कोई इनसे अब तक बचा है? फिर वे एक तेजस्वी मुखमंडल वाले संन्यासी से मिले। उन्होंने उससे पूछा, "यह कैसे है कि इस दुःख-भरे संसार में तुम्हारा मुखमंडल तेज की आभा से दीप्तिमान है?" संन्यासी ने सरलता से उत्तर दिया, "काल की इस क्रूरता से बचने के लिए मैं परिव्राजक संन्यासी बन गया हूं, मेरा कोई ठिकाना नहीं है।" जन्म और मृत्यु काल के प्रतीक हैं, यदि तुम काल को जीतना चाहते हो, सचमुच निर्वाण प्राप्त करना चाहते हो, तो तुम्हें काल से पीछा छुड़ाना होगा; काल से पीछा छुड़ाने का अर्थ है कि हम कालचक्र में बंधी चीज़ों से बचें और काल की परवशता से दूर रहें। निर्वाण सिर्फ काल को जीतना ही नहीं है बल्कि काल को बदलना भी है। ज्ञानप्राप्ति के बाद, काल को बदलने की कोशिश करते हुए हम सांसारिक कार्यों में प्रवृत्त हो जाते हैं; यद्यपि हम काल से मुक्ति पाने का और उसे अनंत बनाने का प्रयास अब भी जारी रखते हैं। काल की परिधि से भागना हमारे लिए कोई आवश्यक नहीं है लेकिन हमें अपने ही मन में काल के सही स्वरूप के साथ जीवनयापन करना होगा। बुद्ध का यही उपदेश था। काल से बचने के साथ-साथ काल पर नियंत्रण भी बनाए रखो। इसी ढंग से हमें इस संसार में रहना है और शेष समय मानवता की सेवा में गुज़ारना है। उनके सम्पूर्ण जीवन में इन दोनों कार्यों का ही क्रम बना रहा। पहले वे सभी संभव तरीकों से ज्ञान-प्राप्ति की कोशिश में लगे रहे; और एक बार जब ज्ञानी हो गये तो अपना सारा समय मानवता की सेवा में व्यतीत करने लगे। प्रज्ञा और प्रेम प्रत्येक धर्म के सारभूत तत्त्व हैं और बुद्ध आजीवन इन दो तत्त्वों पर ज़ोर देते रहे, व्यावहारिक दृष्टांत देते हुए उन्होंने हमें समझाया कि हमें इस संसार में ज्ञान-प्राप्ति के लिए जीना है और मानवता की सेवा में अपना समय व्यतीत करना है। उन्होंने यही करने का प्रयत्न किया। इसलिए, यदि हम यह जानना चाहें कि धर्म का वास्तविक सार क्या है तो बुद्ध के जीवन की ओर देखने से हमारा समाधान हो जाएगा। उनका अपना जीवन ही इसका सच्चा दृष्टांत है।

दुर्भाग्य से, अनेक दूसरी बातें भी उठ खड़ी हुई हैं और बौद्ध धर्म में ही अनेक संप्रदायों ने जन्म ले लिया है। यह एक शास्त्रीय, स्वमताभिमानी और सांप्रदायिक धर्म बनकर रह गया है। हमें उसी सच्ची शुद्धता, उत्साह और गतिशीलता की ओर लौटना होगा जिसका प्रचार बुद्ध ने किया था। प्रत्येक व्यक्ति को अपनी चेतना की गहराई में उतरना चाहिए और एक ऐसे स्थायी धर्म की खोज करनी होगी जिसके लिए सभी तत्त्व उसके बाह्य रूप हों; और एक बार जब वह इस प्रकार की प्रज्ञा प्राप्त कर लेता है तो वह मानवता की सेवा में लग जाता है।

प्रज्ञा और प्रेम इन्हीं दो तत्त्वों को बौद्ध धर्म के अनिवार्य तत्त्वों के रूप में माना जाना चाहिए। उन्होंने बताया कि जीवन दुःखमय है और दुःख सकारण है और हम दुःखों से बच सकते हैं और निर्वाण या ज्ञान प्राप्त कर सकते हैं। यह कोई ऐसी बात नहीं जो हमारी शक्ति की सीमा से बाहर हो। हम यहीं और अभी निर्वाण प्राप्त कर सकते हैं। इसके लिए, हमें किसी दूसरे लोक में भागने की आवश्यकता नहीं है। यदि हम यहां पर ही सच्चे अर्थों में ज्ञान प्राप्त करना चाहते हैं तो निरंतर अभ्यास और गहरे ध्यान से अभी ज्ञान प्राप्त करना संभव है। एक बार ज्ञान-प्राप्ति होने के बाद, हम संसार में निकल पड़ते हैं, संसार को छोड़ते नहीं हैं बल्कि सांसारिक कार्यों में भाग लेते हैं। हम इसमें रम जाते हैं; अपना सारा समय मानवता के उत्थान में लगा देते हैं। यदि मंदिर में जाने से हमें आत्मज्ञान और मानवता के प्रति प्रेम की प्रेरणा मिलती है तो यह काफी उपयोगी सेवा होगी। इसी के लिए तो हम मंदिर में जाते हैं।

एक श्लोक में हमें बताया गया है कि सही किस्म का धर्म हमारी आत्मा को दिव्य और आध्यात्मिक बनाता है; दूसरा तरीका है ध्यानयोग, यदि तब भी तुम्हें सफलता न मिले तो तुम मूर्ति की पूजा करो; यदि तब भी सफलता न मिले तो तुम होम और यात्रा करो:

उत्तमा सहजावस्था द्वितीया ध्यानधारणा।
तृतीया प्रतिमापूजा होमयात्रा चतुर्थिका ॥

जो व्यक्ति ईश्वर की शरण में चला गया है, जो सच्चे अर्थों में मुक्त हो गया है, जो सच्ची दिव्यात्मा के रूप में परिणत हो चुका है, वह हमेशा

ईश्वर के साथ रहता है, ईश्वर के वातावरण में सहज हो जाता है; ऐसे व्यक्ति वे नहीं हैं जो भगवे वस्त्र पहनते हैं और हमें बताते हैं कि वे गुरु हैं।

एक सच्चा धार्मिक व्यक्ति अपनी कीमती से कीमती चीज़ को भी लात मार देता है जैसे बुद्ध ने किया था; उन्होंने अपना महल, राज्य, पत्नी, पुत्र सभी को छोड़ दिया, क्योंकि उनका धार्मिक जीवन इन सबसे अधिक कीमती था। यह कोई ऐसी चीज़ नहीं है जिसे किराने की दुकान या दवा वाले से खरीदा जा सके। यह एक ऐसी चीज़ है जिसे हम केवल कठोर अनुशासन , आत्मा के कठिन श्रम से ही प्राप्त कर सकते हैं। इसलिए अन्तिम सत्य तक पहुंचने के लिए आवश्यक अंतर्दृष्टि को पाने के मार्ग में आनेवाले विघ्नों पर विजय प्राप्त करने की प्रक्रिया अधिक आवश्यक है। इसे बौद्धिक और आध्यात्मिक मंथन से प्राप्त करो; तुम एक भिन्न व्यक्ति बन जाओगे और तुम्हारे कार्य अधिक महत्त्वपूर्ण हो उठेंगे।

7

रामकृष्ण और विवेकानन्द

श्री रामकृष्ण और स्वामी विवेकानन्द सार्वभौमिक धर्म में विश्वास रखते थे। वे धर्म को किसी सम्प्रदाय या मत के रूप में ग्रहण नहीं करते थे। उन्होंने हमें बताया कि धर्म का पहला सिद्धांत सच्चा आध्यात्मिक जीवन है।

जब स्वामी विवेकानन्द ने श्री रामकृष्ण से पूछा, "क्या आपने ईश्वर को देखा है?" श्री रामकृष्ण ने उत्तर दिया, 'हां, मैं उसे इतने अधिक स्पष्ट रूप में अपने नज़दीक देखता हूं जितना तुम्हें भी नहीं देखता।" दूसरे शब्दों में सच्चा धर्म एक ऐसी अंतर्दृष्टि है, जिससे हम ईश्वर के प्रथम सिद्धांत ज्ञान, अर्थात् ईश्वर के संबंध में व्यक्तिगत ज्ञान, को प्राप्त करते हैं। यह ज्ञान उसके संबंध में न कोई धर्मवाक्य है और न ही हमने इसे किसी दूसरे से ही सुना होता है, बल्कि यह है ईश्वर का साक्षात्कार; यही धर्म का अनिवार्य आधार है।

उपनिषदें हमें बताती हैं कि हमें बौद्धिक ज्ञान के बजाय ईश्वर का ज्ञान प्राप्त करना चाहिए, ब्रह्म का ज्ञानमय व्यक्तिगत अनुभव प्राप्त करना चाहिए। 'अस्ति ब्रह्मा,' और 'अहं ब्रह्मास्मि'—इन वाक्यों को पुकारने वाले लोगों में परस्पर मतभेद हैं। बहुत-से लोग ऐसे हैं जो कहते हैं कि ईश्वर है लेकिन इसके अस्तित्व का ज्ञान व्यक्तिगत न होकर अप्रत्यक्ष है, यह केवल सैद्धांतिक और उधार लिया हुआ ज्ञान है। जो लोग यह कहते हैं कि उन्होंने अपनी धमनियों में ईश्वर के अस्तित्व को महसूस किया है, अपनी स्नायुओं

और हड्डियों में उसे महसूस किया है, वे उसे उतनी ही गहराई से जानते हैं जितना अपने-आप को, यही ईश्वर का सच्चा ज्ञान है : गीता में इसे ब्रह्म-संस्पर्श कहा गया है; ईसाइयों की धर्मपुस्तक में लिखा है, "पुण्य-वान् लोगों का हृदय पवित्र होता है क्योंकि वे ईश्वर को देख सकते हैं।" हृदय की पवित्रता से ही ईश्वर को देखा जा सकता है। यही ईश्वर की वह झलक है जिसे हम सब पाना चाहते हैं। महात्मा गांधी लिखते हैं, "पिछले 30 वर्षों से मैं ईश्वर को अपने सामने देखने की कोशिश कर रहा हूं।" इसलिए धर्म की समाप्ति दिव्यात्मा के साथ मनुष्य के व्यक्तिगत साक्षात्कार में होती है। वस्तुओं के अंतिम मूलतत्त्व को देखने की यह व्यक्तिगत अंतर्दृष्टि है। इसी से व्यक्ति धार्मिक व्यक्ति के रूप में परिणत हो जाता है।

पढ़े-लिखे लोग इसके बारे में चर्चा करते हैं, पुरोहित और पादरी लोग मंत्रपाठ करते हैं, दूसरे लोग अपनी इच्छानुसार कुछ भी बोल देते हैं। लेकिन सच्चे तौर पर तो वही व्यक्ति धार्मिक कहा जा सकता है जिसने ईश्वर को देखा हो। ईश्वर के इसी ज्ञान का विकास करने के लिए हमें कहा जाता है। हमें इसीको प्राप्त करना है; और जब हम इसे प्राप्त कर लेंगे, तभी हम सच्चे अर्थों में अपने-आप को धार्मिक व्यक्ति कह सकते हैं; वरना हम लोग निम्न स्तर के धार्मिक व्यक्ति हैं, जो मंत्रमाठ करते हैं, मंदिरों में जाते हैं, प्रार्थनाएं सुनते हैं आदि। लेकिन हमारा कायापलट नहीं हुआ है, हमारी प्रकृति भिन्न नहीं हुई है। यह वह आंतरिक परिवर्तन या व्यक्तिगत काया-पलट है जो मनुष्य को सच्चे अर्थों में धार्मिक व्यक्ति बना देता है। जब एक बार ईश्वर से हमारा व्यक्तिगत सामना हो जाए, ईश्वर का अनुभव हमें हो जाए, तो हम यह महसूस करेंगे कि इसे तार्किक या मौखिक रूप से अभि-व्यक्त नहीं किया जा सकता। हमारे शब्द मन के बाहर ही बाहर टकराकर वापिस लौट आते हैं, व्यक्तिगत अनुभव के ज्ञान को पकड़ने में असमर्थ होते हैं। जैसे बुद्ध ने हमें बताया था कि जो हम महसूस करते हैं, वही अनुभव है लेकिन इस अनुभव को हम शब्दों या तार्किक प्रस्तावनाओं के माध्यम से अभिव्यक्त नहीं कर सकते। इसीलिए हमारे लोगों का कहना है कि जो लोग ईश्वर का अनुभव प्राप्त करते हैं, वे अनुभवों को शाब्दिक जामा पहनाने या तार्किक प्रस्तावनाओं से अभिव्यक्त करने से इन्कार कर देते हैं।

प्रत्येक माध्यम एक कल्पना होता है, अंतिम सत्य की छायामात्र होता है। यह वह सत्य है जिसे हमें महसूस करना होता है और पहचानना होता है; उसके बाद हमारे द्वारा इस्तेमाल किये जाने वाले सभी शब्द केवल सादृश्य छाया या अनुमान-भर ही होते हैं। इसीलिए ऋग्वेद में कहा गया है, 'एक सद्विप्रा बहुधा वदन्ति' अर्थात् सत् एक है लेकिन लोग उसे बहुविध शब्दों से पुकारते हैं, इसलिए उपनिषद् में भी कहा गया है, 'हृदा मनीषा मनसा ऽभिक्लृप्ते', अर्थात् हम अपनी बुद्धि से अपनी इच्छा-शवित से इन शब्दों को गढ़ते हैं। इन शब्दों से हम अनभिव्यक्त तत्त्व को अभिव्यक्त करने की कोशिश करते हैं। ईश्वर बहुत विशाल है। वह हमारी कल्पना से अग्राहा है। इसलिए हम किसी विशेष नाम या विशेष वाक्य को परब्रह्म, अंतिम, एकमात्र और पूर्ण संज्ञा नहीं मानते।

महान् शंकराचार्य ने इसे अनेक वाक्यों में कहा है :

> स च भगवान् ज्ञानैश्वर्यशक्तिबलवीर्यतेजोभिः सदासम्पन्नः, त्रिगुणात्मिकां वैष्णवीं स्वां मायां मूलप्रकृतिं वशीकृत्य, अजो अव्ययो भूतानामीश्वरो नित्यशुद्ध बुद्ध मुक्तस्वभावोऽपि सन् स्वमायया देहवानिव जात इव, लोकानुग्रहं कुर्वन्निव लक्ष्यते।

ये सब प्रकाश के दूत हैं। ये केवल आंशिक रूपों में ब्रह्म के संबंध में अपने अनुभव को हम तक पहुंचाने की कोशिश करते हैं। यदि हम आज कहें—

ईश्वर अल्ला तेरे नाम
मंदिर मस्जिद तेरे धाम

यह धर्म के अन्तिम सत्य के आधार तत्त्व की पुनरावृत्ति मात्र होगी। इसीलिए हम कहते हैं कि हमारे पूर्वजों की दृष्टि इतनी व्यापक थी कि वह मनुष्य जीवन और धार्मिक जीवन के प्रत्येक पहलू को अपने में समेट लेती है।

जब हम यह जान लेते हैं कि दिव्य शक्ति का व्यक्तिगत अनुभव ही धर्म है तब हमें यह मालूम हो जाता है कि ये सभी संज्ञाएं उस परब्रह्म के

लिए दोषपूर्ण, भ्रामक और अपूर्ण हैं। दूसरी बात यह है कि यदि हम सच्चे अर्थों में धार्मिक व्यक्ति हैं तो हम सांसारिक कष्ट, दुराचार, गलतियों आदि को बर्दास्त करते नहीं रह सकते। हमें उनको मिटाने के लिए जुट जाना होगा। कोई भी धार्मिक व्यक्ति उस समय हाथ पर हाथ रखकर बैठा नहीं रह सकता जब उसके चारों ओर दुराचार फैला हुआ हो। उसे लोगों की इस पीड़ा को अपने साथ बांटना होगा। उसे तब तक सूली पर लटकना होगा जब तक कि वह सभी लोगों तक सत्य को पहुंचा नहीं देता, मानवता को मुक्ति नहीं दिला देता, इसी प्रकार जब तक धर्मों को उनके पाशविक अतीत से मुक्ति नहीं दिला देता, धार्मिक जीवन में व्याप्त सभी त्याज्य बुराइयों को निकालकर बाहर नहीं फेंक देता। जब तक इसमें उसे कामयाबी हासिल नही होती वह इसी संसार में रहते हुए कार्य करता रहेगा। वह सांसारिक दुःखों से भागेगा नहीं, वह दुराचार, बुराइयों और अन्याय से भागेगा नही। इसलिए कोई व्यक्ति यदि यह कहता है कि धर्म और मानव सेवा दो अलग-अलग बातें हैं तो वह धर्म के अर्थ से अपरिचित है।

हमारे महानतम धार्मिक अन्वेषकों और सन्तों ने अपनी सम्पत्ति को ठुकरा दिया था। उन्होंने अपने पास सोना, चांदी कुछ नहीं रखा लेकिन उन्होंने अपने-आप को संसार की भंवर में फेंक दिया और लोगों के स्तर को ऊंचा उठाने के कार्य में जुट गए। यह वह कार्थ है जिसे उन्होंने अपने हाथ में लिया। मानव-सेवा ही सत्य है और हर प्रकार के धर्म का एक मात्र सार है। इसलिए यदि हम यह महसूस करें कि धर्म सत्य को पाने की अंतर्दृष्टि है और धार्मिक सत्य को व्यक्त करने के बहुत-से तरीके हैं और धर्म की कसौटी किसी प्रकार का विश्वास नहीं है बल्कि कार्य है, सचमुच का कार्य-यदि हम इसे महसूस कर लें तो हमें सभी धर्मों का सार मिल जाए; इसी बात को रामकृष्ण, विवेकानन्द और संसार के प्रत्येक सन्त ने कहा है और इसी चीज़ को हमें अपनाना भी है। हमें उस धार्मिक वैर या धार्मिक घृणा के भाव को छोड़ना होगा, उससे छुटकारा पाना होगा जो आदमी को आदमी से जुदा करता है। हमें उसे सत्य के मूल तक वापस पहुंचाना है कि सच्चा धर्म क्या है; तब इस संसार में कोई झगड़े या फसाद नहीं होंगे। संसार में ये सब झगड़े इसलिए हैं कि अपने पूरे व्यक्तित्व से धार्मिक होने के बजाय

बाह्यानुष्ठानों में ही धार्मिक रह गए हैं। इसीलिए हम कहते हैं कि मैं 'क' हूं, तुम 'ख' हो, मैं हिन्दू हूं, तुम मुसलमान हो; तीसरा आदमी ईसाई है और चौथा पारसी है। इन विविधताओं के कारण हमें लोगों से अपने व्यवहार में किसी प्रकार का फर्क नहीं करना चाहिए क्योंकि हम सभी एक ही परिवार के सदस्य हैं। हमें इसी बात को महसूस करना है। एकता की भावना पर आधारित मानवता को प्रकृति में समान ही माना जाना चाहिए यदि हम ऐसा करते हैं, तभी हम सच्चे अर्थों में धार्मिक व्यक्ति है। लालच, वासना, कुर्सी-प्रेम, दूसरे को नीचे गिरा डालने आदि की इच्छाओं को प्रश्रय देते हुए हम धर्म की बात नहीं कर सकते। ऐसा व्यक्ति सच्चे अर्थों में धार्मिक व्यक्ति नहीं हो सकता। वह धोखेबाज है।

विवेकानन्द का अविर्भाव जबरदस्त बौद्धिक उफान, नैतिक अव्यवस्था और बिखरते हुए मान दण्डों के युग में हुआ। लोगों को यह नहीं मालूम था कि वे किधर जाएं, वे विज्ञान की भावना से अनुप्राणित थे और सोचते थे कि विज्ञान की सहायता से मनुष्य ईश्वर के दर्शन कर सकता है। लेकिन ईश्वर से किनारा काटा जा रहा था। वे सौचते कि वे पूरी तरह से टूट चुके हैं। विवेकानन्द के युग में यह भावना लोगों में व्याप्त थी। ऐसे ही समय में, विज्ञान के रंग में रंगे श्री विवेकानन्द की मुलाकात श्री रामकृष्ण से हुई और उन्होंने सीधा सवाल किया, "क्या आपने ईश्वर को देखा है?" उत्तर भी मिला उतनी ही सहजता से और इसने विवेकानन्द की सभी तक-लीफों का अन्त कर दिया। यहां यह विचार है कि सत् अमरता की सजीव अनुभूति है। सत् तक पहुंचने का यह सीधा मार्ग है। ईश्वर के सम्बन्ध में चर्चा करने, मन्त्रों का जाप करने या मन्त्रोच्चारण करने का इससे कोई सम्बन्ध नहीं है। इसका सम्बन्ध है ईश्वर का सामना होने पर अपने-आप को ऊपर उठाने से और उसी तरह महसूस करने से जिस तरह भदवद्गीता में अर्जुन और कृष्ण ने किया था। सच्चे धर्म का यही अभिप्राय है। यही हमारे देश की सीख रही है। यही वे लोग हैं जिन्होंने कल के रहस्य को समझा था और धार्मिक व्यक्तियों के रूप में जिनका हम सम्मान करते हैं। ऐसे धर्मो-पदेशक हमारे यहां हैं जो ज्ञान के अथाह समुद्र हैं; एसे दार्शनिक हमारे यहां हैं जो ईश्वर के पक्ष और विपक्ष में दिए जाने वाले तर्कों पर बहस कर सकते

हैं। ऐसे भी सिद्ध पुरुष हैं जिन्होंने ईश्वर को देखा है, सत्स्वरूप के साथ सम्पर्क स्थापित किया है। यही लोग हैं जो धार्मिक ऋषि हैं। इसके अलावा वे हमेशा इस बात पर ज़ोर देते हैं कि हमारे लिए अपनी अनुभूति को प्रकट करना असम्भव है। हम प्रकाश की दीप्ति देखते है और यदि हमसे कोई पूछे कि प्रकाश क्या है तो पूरी तरह से इसका विवरण प्रस्तुत करना बहुत कठिन है। हम उस व्यक्ति को जानते हैं और अपनी अनुभूति को प्रकट करने में असमर्थ था। लेकिन तुम यदि उससे पूछो तो वह उन अनुमानों, प्रतीकों और विवरणों से अपनी अनुभूति को व्यक्त करने की कोशिश करेगा, जो उसके द्वारा अनुभव किए गये सत् की सम्पदा के लिए अपर्याप्त हैं। प्रकाश तीव्र है। यह तीव्रता किसी विशेष रूप तक सीमित नहीं रह सकती। हम इसे संज्ञा के किसी एक विशेष रूप तक सीमित नहीं कर सकते। इसीलिए हमसे सभी दृष्टिकोणों का स्वागत करने के लिए कहा जाता है।

प्रकाशमय ब्रह्म अपनी बहुत-सी किरणों को लोगों की सुरक्षा के लिए, लोगों को प्रकाशित करने के लिए और लोगों को सहायता और सुख पहुंचाने के लिए भेजता है। इन सभी किरणों को ब्रह्म के अस्तित्व की छाया के रूप में समझा जाना चाहिए, न कि ब्रह्म के ही रूप में। विभिन्न धर्म के लोगों द्वारा प्रयुक्त ईश्वर के नामों को हमें जानना चाहिए। जो लोग धार्मिक प्रतीकों या धार्मिक अनुमानों को लेकर झगड़ा करते हैं, उन्होंने ईश्वर का स्पर्श भी नहीं किया होता है और इसी कारण वे झगड़ा करते हैं। यदि वे ईश्वर को देख सकें तो वे जान जायेंगे कि वे सभी लोग जिन्होंने ईश्वर के दर्शन किए हैं, एक ही परिवार के सदस्य हैं, परस्पर भाई-भाई हैं। वे किसी भी धर्म का प्रचार क्यों न करते हों, वे महसूस करते है कि वे गृहपति ईश्वर के परिवार के सदस्य हैं। वे हमारे द्वारा दिए गए नामों और प्रतीकों को लेकर तब तक झगड़ा नहीं करेंगे जब तक वे प्रतीक पर्याप्त होंगे और ईश्वर के स्वरूप का परिचय हमें देने में समर्थ होंगे। तभी वे स्वीकार किए जायेंगे। इसलिए जो लोग परब्रह्म में विश्वास रखते हैं वे सभी दूसरे धर्मों का सम्मान भी करते हैं। ईश्वर का दर्शन करने वाले लोगों की संख्या बहुत अधिक नहीं है लेकिन उस दिव्यात्मा की उपस्थिति बहुतों ने महसूस की है। वे इसे अपने-आप में बहुत गहराई तक

महसूस करते हैं। ऐसे लोग ईश्वर के सच्चे सेवक होते हैं। वे सिद्ध पुरुष होते हैं। यदि प्रत्येक व्यक्ति दिव्य प्रकाश रूप ब्रह्म की चिंन्गारी है, यदि वह हड्डियों, मांस और मांसपेशियों तक ही सीमित नहीं है; यदि वह महसूस करता है कि उसके अस्तित्व के दूसरे आयाम भी हैं, वही उसके आध्यात्मिक आयाम हैं और उन्हीं का विकास करने की आवश्यकता है। मनुष्य में पूर्णता तब आती है जब वह यह महसूस करने लगता है कि धर्म ईश्वर तक पहुंचने का सीधा रास्ता है और ईश्वर को उसके किसी एक विशिष्ट रूप से नहीं समझा जा सकता और जो लोग ईश्वर में विश्वास करते हैं उनका दृष्टिकोण संसार के सभी प्राणियों के प्रति करुणा और पूर्ण सहानुभूति का होता है।

विवेकानन्द ने महसूस किया कि हम बात ज्यादा करते हैं और आचरण कम; हमारा धर्म धर्मकाण्डपरक या याज्ञिक धर्म बनकर रह गया है। उन्होंने कहा कि इस देश का एक हिस्सा उन्हें पागलखाने के समान प्रतीत होता है। "ईश्वर के सम्बन्ध में बातें बधारने वाले लोग इतने जंगली ढंग से व्यवहार क्यों करते है?" जब वे शिकागो में धार्मिक संसद में भाग लेने के लिए गए तो उन्होंने सार्वभौम दृष्टिकोण पर ही सबसे अधिक ज़ोर दिया और आज भी हमें इसी की आवश्यकता है। धर्म तीन अनिवार्य बुनियादी तत्त्वों से मिलकर बनता है—दिव्यात्मा के साथ सीधा मिलन, दिव्यात्मा की गहराई को मापने में मानव-मस्तिष्क की असमर्थता और करुणा की दृष्टि। दूसरी चीज़ें तो सिर्फ आभूषण है जिनका धर्म के तत्त्व से कोई सम्बन्ध नहीं है। इन्हीं तत्त्वों पर रामकृष्ण और विवेकानन्द ने ज़ोर दिया था। इसलिए अब भी समय है कि हम इन बातों को महसूस करें और इन्हें सिर्फ सिद्धान्त में ही नहीं, आचरण में भी स्वीकार करें।

विवेकानन्द का संदेश न केवल इस देश के लिए बल्कि सारे संसार के लिए, कि आज विश्व विश्वास के संकट से गुजर रहा है, सामयिक और उपयुक्त है। जब वे छोटे विद्यार्थी थे तो विज्ञान के प्रभाव से उनका विश्वास डांवाडोल हो गया था, वह बेचैनी-सी महसूस करने लगे थे।, उन्होंने यह जानने की कोशिश की कि क्या राजा राम मोहन राय द्वारा स्थापित ब्रह्म समाज या अन्य धर्म, उन्हें किसी प्रकार का संतोष दे सकते

हैं और वह इस निष्कर्ष पर पहुंचे कि कोई भी धर्म उन्हें सच्चा संतोष नहीं दे सकता। उन्हें वह संतोष उस समय मिला जब वे श्री रामकृष्ण से मिले और उन्होंने बताया कि उन्होंने ईश्वर को इतने स्पष्ट रूप में और गहराई से देखा है जितना कि वे विवेकानन्द को देख रहे हैं। हम देखते हैं कि विज्ञान के इस युग में हम हर तरफ से प्रताडित होते हैं और यदि हम ईश्वर के सत् की पूंजी प्राप्त करना चाहते हैं तो यह केवल इसी विश्वास से संभव है कि इस संसार में ईश्वर का अस्तित्व है, वरना हम अपने अस्तित्व को कायम नहीं रख सकेंगे। इस प्रकार की चेतना हमें अपने-आप में पैदा करनी है।

धर्म का सम्बन्ध सिर्फ मत या विश्वास से न होकर अनुभव से है, यह एक प्रकार का व्यक्तिगत अनुभव है। यदि हममें यह अनुभूति नहीं है तो हम धर्म के बारे में बात तो कर सकते हैं, धर्म का प्रचार भी कर सकते हैं लेकिन सच्चे अर्थों में धार्मिक व्यक्ति नहीं बन सकते। हमें अपना कायापलट करना होगा; अपने इस धार्मिक परिवर्तन के परिणामस्वरूप हम भिन्न व्यक्ति बन जाएंगे। यदि हम ऐसा नहीं बनते तो हम धार्मिक भी नहीं होते। जिस क्षण स्वामी विवेकानन्द ने श्री रामकृष्ण से उनके अनुभव की बात सुनी तो उन्हें महसूस हुआ कि उन्हें भी ऐसे ही अनुभव को अपने जीवन में प्राप्त करना है। यद्यपि श्री रामकृष्ण की बातों में उन्हें बहुत विश्वास था फिर भी वे दूसरे के शब्दों को सिर्फ कहने से नहीं मान सकते थे। वे हर तरफ की आध्यात्मिक साधना और अनुशासन बरतने के लिए तैयार थे जिससे कि श्री रामकृष्ण के बताए हुए अनुभव को वे अपने जीवन में महसूस कर सकें।

आधुनिक युग में तार्किक गोचरता का एक फैशनेबल सिद्धान्त है। इसके अनुसार तब तक किसी बात को सत्य के रूप में स्वीकार नहीं करना चाहिए जब तक अपने अनुभव से उसकी परीक्षा न कर ली जाए। इसी प्रकार का सिद्धान्त श्री रामकृष्ण ने स्वामी विवेकानन्द को बताया था, और विवेकानन्द आध्यात्मिक साधना और अनुशासन के लगातार अभ्यास से समाधि की अवस्था तक पहुंचे और उन्होंने ईश्वर की सत्यता को अनुभव किया।

इतिहास के प्रारम्भ से ही हमारे सभी धर्मशास्त्रों में, ईश्वर की चेतना को अनुभवगम्य बताया गया है। प्रत्येक व्यक्ति में दिव्यशक्ति मौजूद है और हमारा यह कर्त्तव्य है कि हम उस शक्ति का विकास करें और ईश्वर को अपने सामने मौजूद देखें और दूसरों को यह महसूस कराएं, "यह वह व्यक्ति है जिसने ईश्वर को अपने सामने मौजूद देखा है, इसलिए यह अपने स्पर्श से ही हमारा कायापलट कर देने की सामर्थ्य रखता है।" इसलिए संकट की इस घड़ी में हमें दृढ़तापूर्वक यह स्वीकार करना होगा कि धर्म का सम्बन्ध अनुभव से है और यह अनुभव हर उस व्यक्ति द्वारा महसूस किया जा सकता है जो इसके लिए आवश्यक साधना करने के लिए तैयार है।

स्वामी विवेकानन्द ने अनुभव, आध्यात्मिक अनुशासन और ध्यानयोग के धर्म का अनुसरण किया। उन्हें ईश्वर से सम्पर्क करने में सफलता मिली और उन्होंने अपने-आप को ईश्वर के साथ एकाकार होते हुए महसूस किया। सिर्फ इसी ढंग का धर्म हमारे लिए अपनाने योग्य है। स्वाभाविक है कि ऐसा धर्म हममें सार्वभौमिक दृष्टिकोण को जन्म देता है। हमारी दृष्टि मत-विशेष या सम्प्रदाय-विशेष तक हीसीमित नहीं रहती। ईश्वरकी अनुभूति करने वाली प्रत्येक वस्तु ईश्वर तक पहुंचने का प्रामाणिक मार्ग है। इसकी प्रामाणिकता की हमें परीक्षा करनी होगी और इसे बजाय ठुकराने के स्वीकार करना होगा। कोई भी धर्म ऐसा नहीं है जिसे पूरी तरह से व्यर्थ और निष्फल समझकर ठुकराया जा सके। केवल वही धर्म जो जीवन में हमें ईश्वर की अनुभूति नहीं कराते, व्यर्थ और निष्फल हैं।

स्वामी विवेकानन्द ने कहा कि प्रत्येक धर्म ईश्वर तक पहुंचने में सहायता प्रदान करता है। वे कहते हैं, "सिर्फ यह कहना ही पर्याप्त नहीं है कि मैं सभी धर्मों को बर्दाश्त करता हूं। मैं सभी धर्मों की पूजा करता हूं। प्रत्येक वह धर्म जो ईश्वर तक पहुंचाने में हमारी सहायता करता है, और उसके स्वरूप की हमें अनुभूति कराता है, मुझे बहुत प्रिय है। मैं उनमें से किसी को भी ठुकराने के लिए तैयार नहीं हूं।" इसीलिए उन्होंने हमारे द्वारा इस्तेमाल किये जाने वाले 'बर्दाश्त' शब्द की आलोचना की और कहा कि हमें उन सभी धर्मों का, जो ईश्वर तक पहुंचने में हमारी सहायता करते हैं, स्वागत करना होगा, उन्हें अपनाना होगा और विश्वासपूर्वक उन्हें मानना होगा।

प्रत्येक सम्प्रदाय, प्रत्येक समुदाय, और प्रत्येक धर्म के लोगों ने ईश्वर के दर्शन प्राप्त किए हैं। वे सभी एक ही विचारधारा वाले समुदाय के सदस्य थे और भाई-चारे और बन्धुत्व की भावना से ओतप्रोत थे। उन्होंने हमें इसी प्रकार के धर्म को मानने के लिए कहा, "अपने मतों और सूत्रों को परे हटाओ, उनके बन्धन में मत पड़ो, किसी खास मत या सिद्धान्त के बन्दी मत बनो। अपनी धमनियों में ही ढूंढ़ो कि क्या तुम ईश्वर को प्राप्त कर सकते हो और यह जानने का एक ही तरीका है कि तुम्हारी प्रकृति की काया-पलट हुई है या नहीं।"

स्वामी विवेकानन्द ने कहा कि हमें ऐसे किसी धर्म को स्वीकार नहीं करना चाहिए जो मानवता की सेवा में विश्वास न करता हो। वे सभी व्यक्ति जिन्होंने धर्म को स्वीकार किया और मानवता के प्रति किये गए अपराधों के लिए क्षमा प्रदान की, सच्चे अर्थों में धार्मिक व्यक्ति नहीं थे। ईश्वर में विश्वास करने वाला कोई भी व्यक्ति मानवता के प्रति किए गए अपराधों से सहमत नहीं हो सकता। दुर्भाग्य से, हमारे देश में यद्यपि शताब्दियों से धर्म का अस्तित्व है, लेकिन हम ऐसे-ऐसे अपराधों को सहन करते रहे हैं जो हमारी नैतिक भावना के सर्वथा विरोधी हैं और यह सोचते रहे हैं कि इनकी स्वीकृति ईश्वर ने अपनी वाणी से दी है। हमने स्वीकार किया था कि ये सब बातें ईश्वर के आदेश से हो ही रही हैं। इससे अधिक हानिकारक किसी भी चीज़ की कल्पना नहीं की जा सकती। इसलिए उन्होंने कहा था कि जो धर्म विधवाओं के आंसू पोंछने में और अनाथ के मुंह में रोटी का टुकड़ा डालने में विश्वास नहीं करता, धर्म नहीं है। उन्होंने तो यहां तक कहा, "न तो मेरा विश्वास ईश्वर में है और न ही रामकृष्ण में। मेरा विश्वास उनमें है जो मानव-सेवा को ही पूजा मानते हैं। मानव-सेवा में लगे इन्हीं लोगों की मैं पूजा करता हूं।" दूसरे शब्दों में, उन्होंने महसूस किया कि हमारे देश में; देश के विशाल जन-समुदाय की उपेक्षा किये जाने के कारण अनेक विपत्तियाँ आई हैं। अनेक जातियों, अनेक समुदायों एवं हमारी सारी स्त्री जाति का शोषण किये जाने के कारण हम पर विपत्तियां आई हैं। इसलिए, उन्होंने हमें कहा कि यदि हम सच्चे अर्थों में धार्मिक व्यक्ति होते तो उन प्रवृत्तियों

को छोड़ देते और दुनिया को दिखाते कि ईश्वर के प्रति हमारे विश्वास में कितनी सचाई है।

सार्वभौमिकता, समाजसेवा, धर्म का अनुशीलन और मनुष्य का काया-पलट धर्म का लक्ष्य है। ये पाठ विवेकानन्द ने अपने महान जीवन में हमें सिखाये। केवल भारत के लोगों को ही इन पाठों को सीखने की आवश्यकता नहीं है। सारा संसार ही आज संशय के बादलों में घिरा हुआ है; सभी जगहों पर विश्वास और संशय के बीच, जिसके एक तरफ विश्वास है और दूसरी तरफ विश्वास का अभाव, संघर्ष हो रहा है। मनुष्य का विश्वास कसौटी पर कसा जा रहा है, और यदि हम वर्तमान संकट से उबारना चाहते हैं और संसार को उठाकर एक बेहतर जगह पर ले जाना चाहते हैं तो हमारे लिए यह आवश्यक है कि हम मनुष्य के हृदय-परिवर्तन के लिए धर्म को अपनायें जिसके परिणामस्वरूप सामाजिक परिवर्तन भी सम्भव हो जाएगा।

स्वामी विवेकानन्द का जीवन, सही दिशा में सोचने वाले प्रत्येक व्यक्ति के जीवन में आने वाले संघर्ष, त्रासदी और विजय का संक्षिप्त रूप है। उनकी पढ़ाई-लिखाई एक मिशनरी संस्था में हुई थी जहां उन्होंने हर्बर्ट स्पेंसर जैसे अपने युग के प्रसिद्ध विचारकों की रचनाएं पढ़ी थीं और पाया था कि अन्ध धार्मिक विश्वास का अपने-आप में कोई औचित्य नहीं है। यदि उन्हें पूरी तरह से नास्तिक न भी कहा जाए तब भी वे ईश्वर के सम्बन्ध में संशयवादी तो अवश्य हो गये थे। आज भी बहुत-से लोगों के अनुभव इसी प्रकार के हैं। हाल ही में अन्तरिक्ष यात्री पृथ्वी के ऊपर गए थे और उन्होंने कहा था कि उन्होंने कोई ईश्वर नहीं देखा। दूसरों ने कहा कि उन्होंने दूरदर्शी यन्त्रों की सहायता से आकाश को देखा था और उन्हें ईश्वर कहीं नहीं मिला। जीव विज्ञानशास्त्री, जो मानव-शरीर की चीर-फाड़ करते हैं, कहते हैं, "आत्मा कहां है? आत्मा जैसी कोई चीज़ नहीं है।"

आज भी विज्ञान की विजयों में उन्मत्त बहुत-से लोग ईश्वर के अस्तित्त्व को अस्वीकारते हैं। एक ऐसे विचार-दर्शन का प्रचार किया जा रहा है, जिसके अनुसार कोई भी ऐसी चीज़, जिसका प्रयोग करके परीक्षा न की जा सके, सत्य नहीं है। यदि तुम अनुभव की कसौटी पर किसी चीज़

की परीक्षा करने में या उसे जानने में असमर्थ हो तो वह सत्य नहीं हैं। लेकिन स्वामीजी ने महसूस किया कि रामकृष्ण की सलाह की न तो उपेक्षा की जा सकती है और न ही उसे अपनाया जा सकता है। वे एक ऐसे व्यक्ति थे जो कहते थे कि उन्होंने अपनी व्यक्तिगत अनुभूति से ईश्वर को देखा था। यदि विज्ञान अनुभव पर आधारित है तो उक्त अनुभव भी एक महान् गुरु द्वारा दिया हुआ है। यह इस देश की परम्परा रही है, लेकिन हमने इस परम्परा को एक लम्बे समय से छोड़ दिया है। हमने हमेशा यही कहा है कि धर्म का अर्थ है ईश्वर को पाने की अन्तर्दृष्टि। वेद एक दृष्टि है, एक बोध है, एक अटकल है। मौलिक अर्थों में यह आत्मबोध है। आत्मा को चाहिए कि वह भौतिक दृष्टि के बजाय, आध्यात्मिक दृष्टि के बजाय? आध्यात्मिक दृष्टि से, मनसाचक्षु के बजाय दिव्य चक्षु से, ब्रह्म को देखे। हममें से बहुत-से लोग अपनी भौतिक आंखों से ही पदार्थों को देखने में खोए हुए हैं। हम नहीं जानते कि हममें से प्रत्येक के अन्दर एक आध्यात्मिक आंख भी अन्तर्निहित है, जिसे जागरित नहीं किया गया है। हम में से बहुत-से लोग बिना यह जाने ही इस संसार से प्रस्थान कर जाते हैं कि आत्मा या मानव-आत्मा की भी कोई आंख होती है। बौद्धिक अटकल या अनुमान से भी ईश्वर को नहीं देखा जा सकता। इस मामले में यह सिर्फ एक अनुमान है, अनुभव है। लेकिन ईश्वर को देखने के लिए हमें आत्मा का सहारा लेना होगा। रामकृष्ण की तरह हममें भी यह कहने कौं सामर्थ्य होनों चाहिएः मैंने ईश्वर को अच्छी तरह देखा है। दूसरे शब्दों में, हममें से प्रत्येक में एक ऐसे आध्यात्मिक व्यक्तित्व को विकसित करने की क्षमता मौजूद है, जिसमें ईश्वर की अनुभूति सचाई में बदल जाती है और हम उसकी उपस्थिति अपने ही सामने महसूस करते हैं। हमें निश्चय हो जाता है कि परब्रह्म वहां पर मौजूद है। सांसारिक गतिविधियां उसे देखने से हमें विचलित नहीं कर पातीं।

इसीलिए हम देखते हैं कि स्वामी विवेकानन्द ने आध्यात्मिक साधनाओं और ध्यानयोग का अभ्यास किया ताकि वे भी अपने गुरु के समान ही यह बात कहने में समर्थ हो सकें कि मैंने ईश्वर को देखा है, अपनी गहराइयों में उसे महसूस किया है, उसका अनुभव किया है, उसका मुझे अहसास हुआ

है। इस चीज़ को हम सिर्फ बातों से ही हासिल नहीं कर सकते।

यदि हम सही ढंग के अभ्यास से, बौद्धिक अनुभूति से सत्य को पा लेते हैं तो हम ईश्वर की दृष्टि को भी महसूस कर लेते हैं। अर्जुन के साथ क्या हुआ? जब ईश्वर ने अपने विश्वरूप की झलक अन्ततोगत्वा उसे दिखाई तो उसके सारे सन्देह दूर हो गये। वह इस संसार के अन्धेरे में खो गया था। जैसे बादलों के बीच झिल-मिलाती हुई बिजली अचानक ही चमक उठती है, उसी प्रकार का अनुभव अर्जुन को भी मालूम नहीं था कि इस संसार में कुछ सत्य भी है या नहीं। क्या अपना कर्तव्यपालन करते रहने में भी कोई औचित्य है? ऐसे क्षण में काले बादलों की धुन्ध में जिस प्रकार बिजली चमकती है उसी प्रकार उसको भी दृष्टि मिली। इसलिए यदि हम स्थायी सत्य को पाने की दृष्टि प्राप्त करना चाहते हैं तो हमारे लिए यह आवश्यक है कि यह हमारी प्रकृति में सच्चे रूप में निवास करें तो यह आवश्यक है कि हम ईश्वर में निवास करें, हमेशा उसकी उपस्थिति में रहें, इस कदर बदल जाएं कि हमारे सभी कार्यों में ईश्वरीय भावना बन जाए। हम निमित्त-मात्र रह जाते हैं और इसलिए स्वयं को दिव्य रूप ब्रह्म के निमित्त के रूप में परिणत करने के लिए अपना कायापलट कर लेते हैं। हमें कोई कमज़ोर नहीं बना पाएगा।

पूजा और ध्यान योग के लिए की जाने वाली साधना निमित्त मात्र है, कभी कभी यह अनिवार्य भी हो जाती है, बहुत-से सामान्य व्यक्ति दिव्य बनने के लिए इसे अपनाते हैं। हम एक ऐसा पुरुष पाएंगे जो समय से, मृत्यु से और इस ऐहिक संसार के प्रत्येक सिद्धान्त से श्रेष्ठ है। यदि हम ऐसी अवस्था को प्राप्त करना चाहते हैं तो यही वे सम्भव तरीके हैं जिनकी सहायता से हम अपने-आपमें एक दिव्य सम्भावना का विकास कर सकते हैं। यदि यह सम्भावना हममें मौजूद है तो हमारा दृष्टिकोण सार्वभौमिक हो जाएगा। इसी बात पर स्वामी विवेकानन्द ने शिकागो में हुई धार्मिक संसद में ज़ोर दिया था। जैसे कृष्ण ने कहा था : "अर्जुन, ज़रा सोचो, इस संसार के सभी लोग मेरा अनुसरण करने की कोशिश कर रहे हैं, ऐसे मार्गों को अपना रहे हैं जो मुझ तक पहुंचते हों, मैं उनके उपहार स्वीकार करता हूं, क्योंकि ये उपहार स्वीकार सत्य, ईमानदारी और श्रद्धा से दिए गए

हैं। मैं इस बात की परवाह नहीं करता कि वे किन शब्दों का उच्चारण करते हैं : मैं उनके हृदयों को देखता हूं। मैं उनके उपहार के पीछे छिपी भावना को देखने की कोशिश करता हूं।"

उपनिषदों और वेदों के समय से लेकर आज तक यह सिद्धान्त हमारे देश में प्रचलित है। यही वह सिद्धान्त है जिसकी घोषणा और पुष्टि स्वामी विवेकानन्द ने शिकागो की धार्मिक संसद में दिए गए अपने भाषण में की थी। यह एक ऐसा धर्म है जो धर्म-परिवर्तन पर ज़ोर नहीं देता। यह इस बात की परवाह नहीं करता कि ईश्वर का तुम नाम क्या रखते हो यह केवल इसी बात पर ध्यान देता है क्या तुम्हारा हृदय शुद्ध है? क्या तुम में सचमुच शक्ति है? क्या तुम्हें वे सब बातें मालूम हैं जो तुम्हें मनुष्य से भिन्न मानवीय व्यक्ति बना सकें? जब लोग धर्म निरपेक्षता की बात करते हैं, तो उनके मूल में यही सिद्धान्त होता है। इस बात का कोई फर्क नहीं पड़ता कि ईश्वर तक पहुंचने के लिए तुम कौन सा मार्ग अपनाते हो, सभी मार्ग ईश्वर तक जाते हैं। इसलिए स्वामी विवेकानन्द ने सार्वभौमिकता की भावना पर, सभी धर्मों की सार्वभौमिकता पर ज़ोर दिया। आज भी हमारे देश में बहुत-से ऐसे लोग मौजूद हैं जो समझते हैं कि यदि उन्होंने ईश्वर को पा लिया तो उनका कर्तव्य पूरा हो गया और तब वे संसार को विनाश के गर्त की ओर जाता हुआ छोड़कर जंगल की ओर चल पड़ते हैं, मठों में रहने लगते हैं। इस सम्बन्ध में वे कहते हैं, "मैं ईश्वर में विश्वास करता हूं। समाज के एक वर्ग द्वारा किए जाने वाले इस पक्षपात और अन्याय को मैं बर्दाश्त नहीं कर सकता।" उन्होंने कहा कि इस प्रकार के धार्मिक आचार, बजाय इसके कि तुम क्या करते हो, इस बात पर निर्भर करते हैं कि तुम क्या खाते हो और क्या पीते हो। इसलिए वे एक महान सामाजिक सुधारक भी थे। उन्होंने देखा कि ईश्वर सब जगह मौजूद है। वे एक ऐसे व्यक्ति थे जिनका विश्वास सार्वभौमिक दृष्टिकोण में था और उन्होंने इस बात पर ज़ोर दिया था कि जब तक मनुष्य ईश्वर के प्रति अपने विश्वास को सचाई में नहीं बदल देता, जब तक नैतिक सिद्धान्त धार्मिक कार्यों के रूप में परिणत नहीं हो जाते, जब तक सबसे अधिक कलुषित व्यक्ति के लिए और सबसे अधिक अभागे व्यक्ति के लिए भी हम एक

ही प्रकार का दृष्टिकोण नहीं अपनालेते, तब तक धर्म का कोई अर्थ नहीं है।

इस प्रकार तुम पाओगे कि धर्म के मूल में निहित तात्त्विक भावना क्या है। यह भावना तुम्हें लोगों के दिलों तक पहुंचने में मदद करती है। इससे तुम यह जान जाते हो कि इस व्यक्ति का मिजाज कैसा है, वह खुश-मिजाज है। प्यारा है; इसके अलावा, धर्म के मूल में कोई भावना अन्त-र्निहित नहीं है। इस प्रकार स्वामी विवेकानन्द ने धर्म को एक अनुभव के रूप में, सहिष्णुता के रूप में, मानव-सेवा के रूप में स्वीकार किया। ये कुछ ऐसी शिक्षाएं हैं जिनका आज पालन करने की आवश्यकता है।

स्वामी विवेकानन्द इस देश के आदर्शों के जीवित रूप थे। यही आदर्श भक्तों के भजनों में, ऋषियों के दर्शनों में और साधारण लोगों की प्रार्थ-नाओं में अभिव्यक्त किया गया है। भारत की इसी भावना को उन्होंने अपनी भाषा और वाणी प्रदान की।

सत्य कुछ ऐसी चीज़ है जिसे अनुभव किया जाता है। यही भारत का संदेश है। भारत ने मतों और मंतव्यों पर कभी ज़ोर नहीं दिया। सब उस महान सत्य को पाने के लिए निमित्त-मात्र हैं, साधन-मात्र हैं। उस तक पहुंचने के मार्गों को बहुत अधिक महत्त्व देने की आवश्यकता नहीं है। वे गौण हैं। वे निमित्त-मात्र हैं। शिकागो में हुई धार्मिक संसद में 1893 के सितम्बर महीने में अपनी महान वक्तृता में उन्होने कहा था कि एक ईश्वर सभी दिव्यताओं से ऊपर है, एक चीज़ ऐसी है जो सभी प्रकार की धार्मिकताओं, भक्ति, रूढ़िगत आचारों, मतों, मंतव्यों आदि से ऊपर है और यह वह धर्म है जिसकी बुनियाद पर सारा संसार, पूर्व और पश्चिम, एकता के सूत्र में बांधा जा सकता है।

बुद्ध के जीवन के समान स्वामी विवेकानन्द के जीवन में भी एक ऐसा क्षण आया था जिस समय उनके मन में आया कि वे अपने आध्यात्मिक जीवन की ज्योति में, ध्यान योग में डूब जाएं और संसार में फिर कभी न लौटें। लेकिन रामकृष्ण ने उन्हें कहा, "तुम्हें शर्म आनी चाहिए। तुम व्यक्तिगत मुक्ति पाने के लिए इतनी कोशिश क्यों कर रहे हो?" 'शिवम् आत्मनि पश्यन्ति न प्रतिमासु' अर्थात् ईश्वर सभी मनुष्यों में है। सभी

मनुष्यों को ईश्वर की जीवित प्रतिमा के रूप माना जाना चाहिए। हमें समझना चाहिए कि उनका नाम नरेन्द्रनाथ अचानक नहीं रखा गया था। वह नर अर्थात् मनुष्य की प्रतिमा थे। 'नारायणं नरसखं शरणं प्रपद्ये' अर्थात् नारायण नरसखा हैं। उन्होंने सभी मनुष्यों की व्यथा को अनुभव किया और उन्होंने चाहा कि सभी मनुष्य सम्मानपूर्वक अपना जीवन व्यतीत करें। हममें बहुत से लोगों का अस्तित्त्व तो है लेकिन वे ज़िन्दा नहीं हैं। वे चाहते थे कि हममें से प्रत्येक व्यक्ति शक्ति, सौन्दर्य, स्वास्थ्य और सम्मान के साथ-साथ सच्चे रूप में मनुष्य भी बने। हम अभी इस रूप में मनुष्य नहीं बने। उन्होंने अपने देश की दारुण अवस्था को देखा। उन्होंने गरीबी और भूख से मरते हुए लाखों लोगों को देखकर कहा : मैं दरिद्र नारायण का उपासक हूं, उस नारायण का जी संसार के सभी दरिद्र लोगों में अंतर्निहित है। जब तक ये सब लोग मौजूद हैं, मैं अपनी मुक्ति के लिए ब्रह्मानन्द के लिए कैसे प्रयत्नशील हो सकता हूं? उनकी देखभाल करना मेरा कर्तव्य है। ईश्वर तक पहुंचने का सर्वोत्तम मार्ग मानव-सेवा है।"

उन्होंने देशभक्ति को एक धर्म के रूप में स्वीकार किया। लेकिन देश-भक्ति को उन्होंने संसार में प्रचलित संकुचित अर्थ में ग्रहण नहीं किया वरन् उनकी देशभक्ति का अर्थ था मानव-धर्म। उनके धर्म के अनुसार हम सब सम्बन्धी हैं, एक ही परिवार के सदस्य हैं। इस प्रकार का धर्म उन्होंने हमें सिखाया और स्वयं भी इसे अपनाया। उन्होने कहा, "यह धर्म मनुष्य को मनुष्य बनाने वाला है। अर्थात् यह मानवीय धर्म है साधक जीवन और समाज-सेवा में कोई अन्तर नहीं है, दोनों एक ही अर्थ के दो शब्द हैं और एक ही तत्त्व के दो अंग हैं। यदि हमने ईश्वर को पा लिया है और अपनी भावनाओं और विचारों में ईश्वर के सत्य को महसूस करने लगे हैं तो हमारा यह कर्तव्य होगा कि हम इस संसार में रहने वाले सभी लोगों के दुःख दर्द को दूर करने में हाथ बंटायें।"

यह एक ऐसा मानवीय, मनुष्य को मनुष्य बनाने वाला, धर्म है जो युवावस्था में हममें साहस का संचार किया करता था। जब मैं मैट्रिक या किसी अन्य कक्षा का विद्यार्थी था तो स्वामी विवेकानन्द के हस्तलिखित पत्र हममें से सबको वितरित किये जाते थे। इसे पढ़कर हमें रोमांच-सा हो

जाता था, उनकी रचनाएं हमें मूर्छित-सी कर देती थीं, हमारे हृदय में अपनी उसी संस्कृति के प्रति, जिसकी हर जगह आलोचना की जाती थी, सम्मान का भाव पैदा होने लगता था। इस शताब्दी के प्रारम्भ में उनकी रचनाओं को पढ़कर नवयुवकों के हृदय में उक्त परिवर्तन की एक लहर दौड़ जाती थी। यह मद्रास की वात है। मुझे कोई सन्देह नहीं है कि इस देश के दूसरे भागों में भी यही प्रतिक्रिया होती होगी।

एक समय श्री रामकृष्ण ने उन्हें नेतृत्व के लिए चुना था। स्वामी विवेकानन्द की ओर उन्मुख होकर उन्होंने अपने शिष्यों से अन्तिम शब्द कहे थे, "इन लड़कों की देखभाल करना।" उनमें से बहुत-से लोग उनसे उम्र में बड़े थे। लेकिन यह सलाह एक सिद्धपुरुष की थी।

स्वामी विवेकानन्द ने रामकृष्ण मिशन की स्थापना की। इसके अनेक केन्द्र भारत में और विदेशों में हैं। आध्यात्मिक ज्ञान और समाज सेवा के लिए इस मिशन द्वारा किए जाने वाले महान कार्य से मैं भली भांति परिचित हूं। हम मिशन के बारे में उनकी दूरदर्शिता के ऋणी हैं और मुझे इस बात में कोई सन्देह नहीं है कि आने वाले अनेक वर्षों में यह मिशन उन अधिकाधिक लोगों की आध्यात्मिक और भौतिक दृष्टि से सहायता प्रदान करता रहेगा जो आज भौतिकवाद में फंस कर असभ्य और अधम हो गए हैं।

आज हम सिर्फ अपने देश के ही नहीं, विश्व के इतिहास के एक कठिन दौर से गुजर रहे हैं। बहुत से लोगों का विचार है कि हम विनाश के कगार पर खड़े हैं। मूल्य बिखर रहे हैं, आदर्शों का अभाव है, सभी तरफ पलायन की वृत्ति दिखाई पड़ रही है, लोग मानसिक दुर्बलता के शिकार हो रहे हैं और जैसे ही लोगों की इन बातों पर नजर जाती है उनमें निराशा, कुंठा, और लाचारी की भावनाएं घर करने लगती हैं। मनुष्य की आत्मा में विश्वास का ऐसा अभाव मानव सम्मान का विरोधी है। मानव-प्रकृति का यह अपमान है। मानव-प्रकृति के ही कारण इस संसार में सभी महान परिवर्तन हुए हैं और यदि इसको चुनौती दी जाती है, जैसा कि विवेकानन्द ने दी, तो इसे अपने आध्यात्मिक साधनों पर भरोसा करना होगा। मनुष्य के पास आध्यात्मिक साधनों का अक्षय कोष है। उसकी आत्मा ब्रह्म है, मनुष्य अद्वितीय है। संसार में कुछ भी अपरिहार्य नहीं है और हम अपने सामने

आने वाले भयानक से भयानक खतरों और दुर्बलताओं से अपनी रक्षा कर सकते हैं। कष्टों का सामना करने के लिए धैर्य, दुःख का सामना करने के लिए आशा और निराशा का सामना करने के लिए उन्होंने हमें साहस का पाठ पढ़ाया। उन्होंने हमें बताया, बाहरी रूप को देखकर कोई निर्णय मत करो। अन्दर जाकर देखो, ईश्वरीय इच्छा का अनुभव होगा, इस संसार का कोई न कोई उद्देश्य है। उस उद्देश्य की प्राप्ति के लिए तुम्हें सहयोग करना चाहिए और उसे प्राप्त करने की कोशिश करनी चाहिए। वैराग्य, साहस सेवा, अनुशासन उनके जीवन से हम ये सबक सीख सकते हैं।

इसलिए यह स्मरण रखना आवश्यक है कि इस महानात्मा के अपने क्या आदर्श थे, उन्होंने हमें क्या सिखाया। केवल स्मरण रखने की बात ही नहीं है, हमें यह समझने की कोशिश करनी है कि वे हमसे किस कर्तव्य की अपेक्षा करते थे। हमें उनकी शिक्षाओं को संगृहीत करना है, उन्हें अपने जीवन में उतारना है और अपने आपको उस देश का योग्य नागरिक सिद्ध करना है जिसने विवेकानन्द को जन्म दिया।

8

महात्मा गांधी

लंडन टाइम्स ने लिखा था : "भारत के अलावा कोई दूसरा देश और हिन्दू धर्म के अलावा कोई दूसरा धर्म गांधी को जन्म नहीं दे सकता था।" इसीलिए भारतीय के रूप में वे एक विशेष अर्थ रखते हैं। अपने देश के लिए और सारे संसार के लिए काम करने के उनके अनेक तरीके थे। वे एक महान् राष्ट्रवादी नेता थे। वे गुलामों के उद्धारक थे। उन्होंने प्यार का ऐसा पाठ पढ़ाया जो कभी असफल नहीं होता। वे नैतिक प्रतिभा के धनी थे। दूसरे लोगों पर किसी भी प्रकार का प्रभाव डालने से पहले वे स्वयं अपना शोधन किया करते थे। इन तमाम तरीकों से उन्होंने हमारी मदद की।

लगभग तीस साल पहले मैंने गांधी जी से तीन प्रश्न पूछे थे :

(1) आपका धर्म क्या है?

(2) आप इसके प्रति प्रवृत्त कैसे हुए?

(3) आपके जीवन पर इसका क्या प्रभाव पड़ा?

उन्होंने संक्षेप में उत्तर दिया :

मैं कहा करता था, "मैं ईश्वर में विश्वास रखता हूं" अब मैं कहता हूं, "मैं सत्य में विश्वास रखता हूं।" मैं कहा करता था, "ईश्वर ही सत्य है," और आज मैं कहता हूं, "सत्य ही ईश्वर है।" ऐसे लोग हैं जो ईश्वर को नहीं मानते। लेकिन सत्य से इन्कार करने वाला कोई नहीं है। यह एक ऐसी चीज़ है जिसे नास्तिक भी स्वीकार करते हैं।

यहां वे किसी नये विचार को प्रचारित नहीं कर रहे थे। सिर्फ वे कतिपय ऐसे बुनियादी सत्यों पर प्रकाश डाल रहे थे जिन्हें हमने अपनी परंपरा से प्राप्त किया है। वे इन्हीं परंपराओं के वातावरण में जीये, इसी वातावरण में उनका पालन-पोषण हुआ।

उन्होंने सत्य और धर्म इन दो बातों पर ज़ोर दिया : 'सत्यं वद। धर्म चर।' अर्थात् सच बोलो और धर्म का पालन करो। वे इसीको सत्य और अहिंसा कहा करते थे। यही उनके सिद्धांत थे। सत्य कोई ऐसी चीज़ नहीं जिसे उन्होंने अकस्मात् ही प्राप्त किया हो। अपने अंदर और बाहर के संसार में एकरूपता लाने के लिए मनुष्य को पर्याप्त साधना करनी पड़ती है।

'वाङ्नस्यौरैक्यरूपं सत्यम्' अर्थात् वाक् (शब्द) और मन में एकता होनी चाहिए। यदि हम इस एकता की स्थापना में सफल हो जाते हैं तो हम सत्य को पा लेते हैं। इस प्रकार के सत्य को पा लेने के बाद हम शब्दक्रीड़ा, वक्रोक्ति और अतिशयोक्ति का प्रयोग करने में प्रवृत्त नहीं होंगे। न केवल हम इससे झूठ बोलने से निवृत्त होंगे बल्कि पूर्वाग्रहयुक्त बातों को भी मुंह से नहीं निकालेंगे। इसे अर्जित करने के लिए हमें काफी बड़ी कीमत अदा करनी पड़ती है। सिर्फ इच्छा करने से ही हम इसे प्राप्त नहीं कर सकते। इसीलिए गांधी जी ने कहा था :

"मैं स्वयं संघर्षरत हूं। मेरे अंदर महान सिद्धांतों और मेरी वास्तविक प्रकृति में निरंतर संघर्ष चला रहता है। इन दोनों में परस्पर कोई सामंजस्य नहीं है। यदि मुझे इन दोनों में एकरूपता लानी है तो मुझे तपस्या करनी होगी, सभी पूर्वाग्रहों को छोड़ना होगा और महान्-आदर्शों को अपनी वास्तविक प्रकृति के साथ एकाकार करना होगा।"

गांधी जी ने सत्य के बाद अहिंसा के बारे में हमें बताया। यदि हम इसे अपने जीवन में उतारना चाहते हैं तो हमें अहिंसा के सिद्धांत को मानना होगा। अहिंसा के सिद्धांत के बारे में हमें बेहद सावधान रहने की आवश्यकता है। इसका यह अर्थ नहीं है कि हम शक्ति का कभी प्रयोग न करें। योगसूत्र में कहा गया है : 'अहिंसाप्रतिष्ठायां तत्सन्निधौ वैरत्यागः'। अहिंसा की विद्यमानता में वैर का परित्याग हो जाता है। संसार के किसी

भी प्राणी के प्रति हमारे मन में दुर्भावना नहीं होनी चाहिए। हमें ऐसी अहिंसा को अपनाने के लिए कहा गया है। हमें अपनी वासनाओं और भूख पर नियन्त्रण रखना होगा और धरती के किसी भी मनुष्य या प्राणी के प्रति दुर्भावना को अपने मन में स्थान नहीं देना होगा। इसी तरह की बातें अन्य धर्मों में और अन्य विचारकों द्वारा भी कही गयी हैं। कांट ने इसे इस प्रकार कहा है : "मानवता को सिर्फ साधन के रूप में ही नहीं बल्कि एक भावना के रूप में अपने मन में और दूसरे व्यक्ति में महसूस करो।" श्विट्ज़र के अनुसार, "जीवन के प्रति सम्मान हमारा आदर्श होना चाहिए।" एक ही बुनियादी सत्य को प्रकट करने के ये भिन्न-भिन्न मार्ग हैं। अनगिनत बार हमने इसे दोहराया तो होगा लेकिन अपने दैनिक जीवन में हम इसका अनुसरण करने में कभी सफल नहीं हुए।

जब गांधी जी अहिंसा की बात करते हैं तो इसका अर्थ होता है कि हमें बुराई को जीतना ही है। प्रेम से बुराई पर विजय पाओ। यदि हम ऐसा नहीं कर पाते तो शक्ति का प्रयोग करो। महाभारत में कहा गया है, 'शास्त्रादपि शस्त्रादपि' अर्थात् अपने देश के परंपरागत साधनों से या शस्त्रों की सहायता से बुराई पर विजय प्राप्त करो। गांधी जी ने स्वयं कहा था कि इन दोनों मार्गों को न्यायपूर्ण माना जाना चाहिए। अहिंसा के सिद्धांतों पर अमल करने के लिए हमें भरसक प्रयत्न करना चाहिए। लेकिन यदि हम बुराई पर विजय पाने में समर्थ नहीं होते, इसे मिटा डालने में कामयाब नहीं होते तो हमें संसार को नफरत और भय की ज्वाला में झोंक नहीं देना है। हमें संसार को घृणा की भावना से मुक्त कराना होगा। घृणा हमारी विचारधारा को दूषित करती है। एक विशेष प्रकार की विचारधारा हमारी चेतना पर हावी हो जाती है। सीधे ढंग से सही कार्यों को करने में यह बाधक बनती है। इसलिए हमें अपने मस्तिष्क को घृणा से मुक्त रखना होगा। जब तक हम ऐसा नहीं करते, हम सच्चे अहिंसक नहीं हो सकते। अहिंसा का अर्थ शक्ति का अभाव न होकर घृणा और दुर्भावना का अभाव है। हमारे देश की परंपराओं में इसे लगभग इसी रूप में स्थान दिया गया है। भगवद्गीता में भी इसी का बखान किया गया है। अर्जुन युद्ध में भाग नहीं लेना चाहते, वे इससे बचने की कोशिश कर रहे हैं; ऐसी अवस्था में

कृष्ण उन्हें समझाते हैं :

क्षुद्रं हृदयदौर्बल्यं त्यक्त्वोत्तिष्ठ परन्तप।

स्वयं गांधी जी में भी अहिंसा शब्द के तात्पर्य को लेकर निरंतर विकास हो रहा था। पहले तो वे हिंसा को सहन करना ही अहिंसा मानते थे लेकिन बाद में अहिंसा का अर्थ वैरत्याग समझने लगे। लेकिन जैसे ही उन्होंने देखा कि संसार महान संहारक आणविक शस्त्रास्त्रों की ओर बढ़ता जा रहा है, जिसमें हमारे लिए विनाश और जीवन के अतिरिक्त कोई भी तीसरा विकल्प शेष नहीं रह जाता, तो उन्होंने कहा, "यदि हम जीवित रहना चाहते हैं तो हमें हिंसा का पूरी तरह से त्याग करना होगा।" वे आजीवन इस तरीके का परीक्षण करते रहे और अंत में हमें यह बताया कि हमें युद्ध का पूरी तरह से त्याग करना चाहिए।

यदि आज भयानक आणविक शक्ति से लैस राष्ट्र आपस में एक-दूसरे के सामने खड़े हैं लेकिन अभी तक पूर्ण रूप से उनका विनाश नहीं हुआ है, तो इस गत्यवरोध के दो कारण हैं; जीवन के प्रति सहज मोह, और नरसंहार के विरुद्ध भारी प्रतिक्रिया। लेकिन हमेशा ही यह गत्यवरोध बना नहीं रह सकता। जब तक हम अपनी प्रकृति का निर्माण नहीं कर लेते, अपनी आत्मा में परिवर्तन नहीं करते, हम आणविक शस्त्रों से होने वाले भयानक विनाश को टाल नहीं सकते। आतंक और भय पर आधारित इस प्रकार का गत्यवरोध ज्यादा समय तक बना नहीं रह सकता। इसीलिए, ये महाशक्तियां शक्ति-संतुलन के अलावा किसी अन्य उपाय के बारे में आज सोच रही हैं; और गांधी जी का दर्शन, उनका संदेश आज की स्थिति में सबसे अधिक सामयिक है और हमारा यह कर्तव्य है कि हम अपने जीवन में और उससे बाहर इन्हीं सिद्धांतों का अनुसरण करें।

गांधी जी के अनुसार, अहिंसा का अर्थ है सर्वोदय। इसमें किसी भी प्रकार के राजनीतिक विचारों का दखल नहीं होना चाहिए। जब उन्होंने यह देखा कि यह देश कष्ट, पतन और अभाव की चक्की में पिस रहा है, तो उन्होंने कहा, "मुझे इस व्यवस्था के खिलाफ लड़ना है, मुझे इससे पीछा छुड़ाना है" और उन्होंने ऐसा ही किया। उन्होंने कहा :

"पतनोन्मुख भारत अपनी या संसार की किसी भी प्रकार की सहायता नहीं कर सकता। स्वतंत्र और ज्ञानी भारत ही अपनी और संसार की सहायता कर सकता है।"

उन्होंने यह भी कहा :

"मैं अपने देश को स्वाधीन देखना चाहता हूं जिससे कि यदि कभी आवश्यक हो, तो वह मानवता के लिए अपनी बलि दे सके।"

अपने देश में ही गांधी जी ने यह महसूस किया कि हम ऐसे काम भी कर रहे हैं जो हमारी चेतना के विरुद्ध हैं। हम मनुष्यों के साथ असम्मान का बर्ताव कर रहे हैं। इन चीज़ों की हमें कीमत चुकानी पड़ रही है और, इसलिए, वे अस्पृश्यता को एक अभिशाप के रूप में मानते थे और उन्होंने कहा भी था, "जब तक किसी भी हिन्दू के हृदय में दुर्भावना बनी हुई है, मैं स्वयं को हिन्दू कहने में तिरस्कार का अनुभव करता रहूंगा।"

जब तक कुछेक व्यक्ति लाखों लोगों के भाग्य की डोर अपने हाथ में थामे रहेंगे, तब तक जीवन का यह रूप कृत्रिम, अस्वाभाविक और असभ्य बना रहेगा और हमें उन सबको इस पाशविक चक्र से मुक्त कराने की कोशिश करनी चाहिए। इसलिए सामाजिक भेद-भाव, आर्थिक विषमता और राजनीतिक तानाशाही को मिटा दिया जाना चाहिए। जहां तक हमारे देश का संबंध है, गांधी जी ने इनके खिलाफ संघर्ष किया और उनका सारा संघर्ष अहिंसा की भावना पर आश्रित रहा। उनके अनुसार अहिंसा का अर्थ है सर्वोदय, अर्थात् सबका उदय, सबका कल्याण। उन्होंने अपना सारा जीवन सर्वोदय के लिए समर्पित कर दिया क्योंकि सारा समय वे अपने खिलाफ ही लड़ते रहे। वे अत्यंत विनीत थे। उन्होंने किसी भी प्रकार के सदाचार या निर्भ्रान्तता का दावा नहीं किया। उन्होंने धैर्यपूर्वक दूसरों के विचारों को सुना और ऐसे लोगों के साथ कभी भी अपना माथा गरम नहीं किया। इसी प्रकार का धैर्य आज के संसार में विजयी हो सकता है। हम लोग अभी अपनी सभ्यता की दुपहरी तक भी नहीं पहुंचे हैं। मानव-इतिहास की सुबह के बहुत ही आरंभिक घंटों में हमने अभी कदम रखा है। हमारा सफर लम्बा है और यदि इस सिद्धांत को हम ईमानदारी, गंभीरता और व्यवस्थित ढंग से अपना लेते हैं तो हम इस संसार को बेहतर संसार के

रूप में परिणत कर सकेंगे।

उन्होंने कहा कि देश-प्रेम के साथ ही कर्त्तव्य की इतिश्री नहीं हो जाती। देश-प्रेम की अपनी सीमाएं हैं। "मैं अपने देश के खातिर जर्मनी या इंग्लैंड को क्षति नहीं पहुंचाऊंगा। इस ढंग की संकीर्णता, इस ढंग का स्वार्थी देश-प्रेम वास्तव में किसी भी सभ्य मनुष्य के योग्य नहीं है।" हममें गरिमा और सम्मान की भावना जागृत करने के लिए, हमें यह महसूस कराने के लिए कि यदि हम पाशविक शक्ति में विश्वास रखते हैं तो हम मनुष्य कहलाने के योग्य नहीं हैं, उन्होंने हमें अपनी दृष्टि, अपनी आकांक्षा और अपनी वाणी प्रदान की। अत्यधिक नीचता, भयानक गरीबी या राष्ट्रीय सम्मान चाहे कोई भी कारण क्यों न हो, यदि हमें यह देश-प्रेम हिंसा के मार्ग में प्रवृत्त करता है तो हमारा यह कार्य गलत होगा। यदि हम इन सिद्धांतों का अनुसरण करने में असमर्थ हैं, तो भी हमें इसकी वैधता और सामयिकता को स्वीकार करना चाहिए।

गांधीजी का संदेश सार्वभौमिक है। उनकी वाणी उन संतों की कोटि की है जिसे उनकी पीढ़ी के लोग तो हो सकता है स्वीकार न करें, लेकिन उनके अनुयायी अवश्य स्वीकार करेंगे।

हम गांधी जी को राष्ट्रपिता के रूप में पुकारते हैं और आखिर वह क्या चीज़ है जिसे हमने उनसे हासिल किया है? शताब्दियों से हम 'शठं प्रति शाठ्यम्' अर्थात् शठ के प्रति शठता का व्यवहार या जीवन के प्रति प्रति-कारमूलक दृष्टिकोण अपनाते रहे हैं। उन्होंने इसमें संशोधन किया, 'शठं प्रत्यपि सत्यम्' अर्थात् शठ के प्रति भी सत्य और प्रेम का व्यवहार करें। उन्होंने जीवन के प्रति प्रतिकार-मूलक दृष्टिकोण अर्थात् आंख का बदला आंख से, दांत का बदला दांत से लेने के दृष्टिकोण को अपनाने की भर्त्सना की। इसके स्थान पर उन्होंने शत्रुओं से भी प्रेम का बर्ताव करने की सलाह दी। लोगों ने जब उन्हें देश की स्वाधीनता के लिए धोखेबाज़ी और चाल-बाज़ी के साधन अपनाने की सलाह दी तो उन्होंने उत्तर दिया : "मेरे देश को जहन्नुम में जाने दो, मैं इसे धोखेबाज़ी और चालबाज़ी के साधनों से ज़िंदा नहीं रखना चाहता।" उनके लिए, स्वाधीनता से ज्यादा महत्त्व सत्य और अहिंसा का था। इन आदर्शों में उनका गहरा विश्वास था। उन्हें

निश्चय था कि इन आदर्शों को अपनाने से देश कभी जहन्नुम में नहीं जा सकता, लेकिन वे यह जोखिम भी उठाने के लिए तैयार थे और इसी से वे कहते थे कि इसे जहन्नुम में जाने दो। उन्होंने दूसरी बात यह कही : "यदि यह संसार संगठित नहीं होता तो मैं इसमें नहीं रहना चाहता, यदि मानवता के आधार पर संसार में एकता नहीं है तो मैं इसमें नहीं रहना चाहता।" यदि वे राष्ट्रपिता हैं तो हमें उनकी इन बातों को स्मरण रखना होगा। याद रखो, नीच व्यक्तियों के साथ भी हमें सत्य और प्रेम का बर्ताव करना है। अपने महानतम लक्ष्यों को भी हमें गलत साधनों से प्राप्त नहीं करना है और मानवता के संसार का निर्माण करने के कार्य में जुट जाना है।

गांधी जी का जीवन लोगों का आदर्श बन गया है। मानवता के लिए यह आशा है और उसके भविष्य के लिए एक प्रेरणा। उनके जीवन और कार्यों की स्मृति मानवता की एक अमूल्य निधि है। संदेह और अनिश्चितता के आज के युग में, जब युवक और युवतियों में आस्था का अभाव हो रहा है और वे अत्याधुनिक विचारों की ओर उन्मुख हो रहे हैं, यह आवश्यक है कि हम गांधी जी को आधुनिक युग के सबसे बड़े क्रांतिकारी के रूप में मान्यता प्रदान करें। विधानमंडलों में होने वाली मौखिक हिंसा या सड़कों पर की जाने वाली भौतिक हिंसा—दोनों ही गांधीजी द्वारा शुरू की गई महानतम सामाजिक क्रांति की प्रगति के मार्ग में रोड़े अटका देंगी।

हमारे लिए यह स्मरण रखना आवश्यक है कि गांधी जी ने व्यक्तिगत स्तर पर, राष्ट्रीय स्तर पर और अन्तर्राष्ट्रीय स्तर पर किन आदर्शों का अनुसरण किया। वे सच्चे अर्थों में धार्मिक व्यक्ति थे। उनकी दृष्टि में धर्म का अर्थ था, सत्य की निरंतर खोज और प्रेममय व्यवहार का निरंतर आचरण। 'सत्यं ज्ञानम् अनन्तं ब्रह्म'। मुंडक उपनिषद् में कहा है :

सत्यमेव जयते नानृतं सत्येन पन्था विततो देवयानः।
येनाक्रमन्त्यृषयो ह्याप्तकामा यत्र तत् सत्यस्य परमं विधानम् ॥[1]

केवल सत्य की विजय होती है, असत्य की नहीं। सत्य का मार्ग मनुष्य

---

1. III-1-6

को ईश्वर तक पहुंचाता है, इसी मार्ग पर चलकर आत्मकामी ऋषि-जन सत्य के परमनिधान तक पहुंचते हैं।

यीशु कहते हैं, "जैसे ही सत्य का बोध तुम्हें होगा तुम स्वाधीन हो जाओगे।"[1]

ब्रह्मज्ञान के लिए विचार-शक्ति अनिवार्य है। गहराई में जाकर विचार अन्तर्दृष्टि में रूपायित हो जाता है। तर्क हमें तर्क से कहीं अधिक गहराई में मनुष्य की आत्मा की शक्ति और गहनता में ले जाता है।

हमारे लिए यह आवश्यक नहीं है कि हम अंत तक विनाश के मार्ग पर ही चलते रहें क्योंकि जो मनुष्य की आत्मा में विश्वास रखता है, वह मानवता के भविष्य में भी विश्वास रखेगा।

आध्यात्मिक साधना के बिना हम परम तत्त्व को प्राप्त नहीं कर सकते। आत्मपीड़न ही इसका उपाय है। स्वयं व्याधियुक्त हुए बिना संसार को व्याधि से मुक्ति नहीं दिलाई जा सकती। गांधी जी ने कहा था : "मैं अच्छाई और बुराई, कमज़ोरी और शक्ति, हिंसा और अहिंसा का मिश्रण हूं; लेकिन अहिंसा में कोई मिलावट नहीं हो सकती।"

व्यवहार में सत्य का आचरण ही अहिंसा है, प्रेम है। सत्य और प्रेम, सत्य और अहिंसा, एक ही सिक्के के दो भागों के समान हैं। सभी बड़े धर्मों में प्रेममय आचरण पर बल दिया गया है। गांधी जी कहते हैं :

"पूर्ण निश्छलता का नाम ही अहिंसा है। पूर्ण अहिंसा सभी प्राणियों के प्रति दुर्भावना का पूर्ण अभाव है। अहिंसा अपने आचरण में निश्छलता और सभी जीवों के प्रति सद्भावना का ही दूसरा नाम है। यह निश्छल प्रेम है।"

घृणा हमारी विचारशक्ति को क्षति पहुंचाती है और मानवीय भावना के लिए खतरा उत्पन्न कर देती है। अधिकारलोलुपता हमारी चेतना पर विजय पा लेती है।

अहिंसा सर्वोदय अर्थात् सबके उत्थान पर बल देती है। गांधी जी ने स्वाधीनता का समाजवादी अभिप्राय भी अच्छी तरह से समझ लिया था।

---

1. जान, VIII-32

वे कहते हैं :

"भारत के लिए स्वाधीनता का तब तक कोई अर्थ नहीं है, जब तक एक व्यक्ति, चाहे वह कितना भी बड़ा क्यों न हो, लाखों लोगों के जीवन, सम्पत्ति और सम्मान को अपनी मुट्ठी में बद किये हो। ऐसा समाज कृत्रिम अस्वाभाविक और असभ्य समाज ही हो सकता है। इसका अंत अवश्यंभावी है और तभी स्वराज की स्थापना हो सकेगी।"

गांधीजी अस्पृश्यता को एक अभिशाप मानते थे और साम्प्रदायिक झगड़ों से नफरत करते थे। ईश्वर के सम्मुख सभी मनुष्य समान हैं। यदि कोई मनुष्य दूसरे मनुष्य को सिर्फ इसीलिए अपमान की दृष्टि से देखता है क्योंकि वह व्यक्ति किसी दूसरे धर्म का अनुयायी है तो वह ईश्वर और मनुष्य दोनों के ही समान पाप करता है। गांधी जी ने अपने आंदोलनों से स्त्रियों का उद्धार किया। राष्ट्रीय एकता और विश्व के राष्ट्रों में परस्पर सहयोग उनके अन्तिम लक्ष्य थे। यदि हम गांधी जी के सच्चे अनुयायी हैं तो हमें सामाजिक और राष्ट्रीय एकता, स्त्रियों के उद्धार, सामाजिक भेदभाव के पूर्ण उन्मूलन, अस्पृश्यता और जातिगत भेदभाव के पूर्ण उन्मूलन तथा आर्थिक विषमता को हटाने के कार्य में जुट जाना चाहिए।

गांधीजी ने सभ्यता के आधारभूत तत्त्वों, सत्य और प्रेम को अपने नैतिक सिद्धांतों का आधार बनाया। यदि सब लोग सच्चे तौर पर उनके सिद्धांतों पर आचरण करें तो संसार के सभी लोग एक-दूसरे के बहुत निकट आ जायेंगे और चारों तरफ फैला हुआ अन्धकार तिरोहित हो जाएगा।

यह इतिहास का विरोधाभास है कि हम झगड़े-फसाद और भ्रांति के वातावरण में ही बड़े होते हैं। हमारा आधा रूप पशु का है और आधा दिव्य। हम विकास की ओर अग्रसर हो रहे हैं। हम महसूस करने लगे हैं कि युद्धों के बजाय आज हम रचनात्मक अहिंसक तरीकों से सामाजिक और आर्थिक परिवर्तन ला सकते हैं। विभाजन के समय भयानक विनाश की घटनाओं से गांधीजी को गहरा सदमा पहुंचा था लेकिन वे इससे घबराये नहीं क्योंकि ईश्वर में उनका अखंड विश्वास था। गांधी जी के इन शब्दों को सारे संसार में रेडियो द्वारा प्रसारित किया जाना चाहिए :

"डरो मत। जो डरता है, वही घृणा करता है; जो घृणा करता है वही

हत्या करता है। अपनी तलवारों को तोड़कर फेंक डालो। तब भय तुम्हारा स्पर्श भी नहीं करेगा। मैंने भय और इच्छा से इस ढंग से छुटकारा पा लिया है कि मुझे ईश्वर की शक्ति का भान हो गया है।"

आज के आणविक शक्ति के युग में, अन्तर्राष्ट्रीय झगड़ों को मिटाने के उपाय के रूप में युद्ध का त्याग अवश्य किया जाना चाहिए। गांधी जी से प्रश्न किया गया, "आप अणुबम का मुकाबला कैसे करोगे?" उन्होंने उत्तर दिया, न तो मैं ज़मीन के अन्दर किसी खाई में शरण लूंगा और न ही किसी और चीज़ की आड़ लूंगा। मैं खुले मैदान में निकल पड़ूंगा और पायलट को यह देखने दूंगा कि मेरे चेहरे पर उसके लिए किसी भी प्रकार की घृणा के चिह्न मौजूद नहीं हैं।" हिंसा की ओर मनुष्य को प्रवृत्त करने वाले ऐसे ओछेपन का यही प्रतिकार है। इस अहिंसक मनःस्थिति को प्राप्त करने के लिए मानवचेतना को जागरित करना होगा। तब केवल उस स्थिति में जब लाखों लोगों के जीवन की सुरक्षा के लिए बलप्रयोग अपरिहार्य हो, शासन द्वारा बलप्रयोग किया जाना चाहिए। साथ ही लोगों को इस बात के लिए भी शिक्षित करते रहना चाहिए कि वे अपने को बलप्रयोग से दूर रखने की कोशिश करते रहें। अहिंसा हमारा सर्वोच्च आदर्श होना चाहिए; किसी भी अन्य गुण की अपेक्षा इसे ही प्राथमिकता दी जानी चाहिए।

गांधीजी कहते हैं :

"लड़ाई के दो तरीके हैं। सबसे अच्छा और कारगर तरीका यह है कि हम अपने को बचाने की ज़रा भी कोशिश न करें और अपनी जगह पर स्थिर होकर हर तरह के खतरे का सामना करें। दूसरा उत्कृष्ट और सम्मान्य तरीका यह है कि हम सच्चे तौर पर केवल आत्मरक्षा के लिए ही शस्त्रों का प्रयोग करें और भयानक से भयानक खतरे का सामना करते हुए अपने जीवन को जोखिम में डाल दें।

इदं ब्राह्मम् इदं क्षात्रम्।
शापादपि शरादपि।

या

शास्त्रादपि शस्त्रादपि।

कुरल कहते हैं :

"क्षमादान केवल वही कर सकता है जो शक्तिशाली हो और जिसके पास शक्ति नहीं है उसकी क्षमा और अ-क्षमा का कोई अर्थ ही नहीं है।"

विधेयात्मक रूप में अहिंसा का अर्थ है :

"सबसे बड़ा प्रेम, सबसे बड़ा दान।"

ये आदर्श सभी देशों के शान्ति, निशस्त्रीकरण, जातिगत समानता और आर्थिक विकास के प्रेरणास्रोत होने चाहिए। प्रेम के प्रभाव से नफरत की भयानक जंजीर टूट जानी चाहिए।

संसार के कुछ बड़े देश ऐसे भी हैं जिनमें आश्चर्यजनक प्रतिभा और महान वैज्ञानिक कार्यों को नेतृत्व प्रदान करने की शक्ति मौजूद है, फिर भी वे सुखी नहीं हैं। हमें अपने से ही सवाल पूछना है—आखिर हमारे इस युग को हो क्या गया है। प्रथम महायुद्ध हुआ। संयुक्त राज्य अमेरिका के राष्ट्रपति विल्सन ने घोषणा की कि यह युद्ध संसार में लोकतन्त्र की रक्षा के लिए लड़ा जा रहा है। फिर क्या हुआ? हमारे तुच्छ दिमाग ने कमान संभाली। हमने बड़े देशों पर दबाव डाला, हमने कहा कि हमें जर्मनों की टें बुलवा देनी है, उनके घुटने टिकवा लेने हैं। इसका परिणाम हुआ हिटलर। बजाय इसके कि संसार में लोकतन्त्र सुरक्षित हो सके, तानाशाही का मार्ग प्रशस्त हो गया। सारे संसार में छोटे और बड़े तानाशाह सिर उठाने लगे।

दूसरे महायुद्ध में, फिर हमने क्या कहा? दुनिया के तमाम लोगों को चार तरह की आज़ादी देने की बात हमने कही। क्या हमने लोगों को भय से मुक्ति या आज़ादी दिलाई? आणविक शक्ति के विकास ने हम सबमें एक भयानक दुःस्वप्न के समान भय की भावना भर दी है। द्वितीय महायुद्ध के अन्त तक हम भय की भावना के बिना रात को आंख भी न झपक सके। यद्यपि इस समय हम सीधे युद्ध में संलग्न नहीं हैं फिर भी शीतयुद्ध निरन्तर जारी है।

आखिर किस चीज़ की कमी है? इस कार्य में गांधीजी हमारी सहायता कर सकते हैं। वे कहते हैं कि मात्र मस्तिष्क, शरीर और सम्पत्ति का विकास ही पर्याप्त नहीं है। लोगों के दिमाग से इस बात को निकालना होगा कि जीवन का एकमात्र उद्देश्य सिर्फ यह नहीं है कि धन का अर्जन

किया जाए, उसे संभालकर रखा जाए। यह एक प्रकार का भौतिकवाद है जो आज संसार के सभी लोगों के दिमागों पर छाया हुआ है। वे जीवन के आंतरिक पक्ष के बजाय बाह्य वस्तुओं के संग्रह में ही लगे हुए हैं। इस संग्रहणात्मक मस्तिष्क ने एक बीमार समाज को जन्म दिया है, और यदि हम समाज की इस बीमारी से छुटकारा पाना चाहते हैं तो हमें अपनी शिक्षा में नैतिकता पर विशेष बल देना होगा। सही शिक्षा व्यवस्था के लिए ज्ञान और नैतिकता के तत्त्व अनिवार्य हैं। विश्वविद्यालय हमें वैज्ञानिक उपकरण प्रदान कर सकता है। वैज्ञानिक शिक्षा दे सकते हैं। वे हमें वह तमाम ज्ञान प्राप्त करा सकते हैं जो आज हमारे पास है लेकिन यह ज्ञान प्रकाशमय होना चाहिए, दीप्तिमान होना चाहिए। जो कुछ भी हम सीखते हैं, वह सिर्फ बौद्धिक ज्ञान बनकर नहीं रह जाना चाहिए बल्कि शुभ होना चाहिए जिससे वह हमारी प्रकृति का कायापलट कर सके और जो कुछ भी आज है, उससे भिन्न व्यक्ति बना सके। इसीलिए गांधीजी ने कहाथा, "अपनी सारी ताकत जीवन के भौतिक पक्ष की ओर ही मत लगा दो।" मनुष्य केवल सम्पत्ति से सन्तुष्ट नहीं हो सकता। जीसस कहते हैं, "इससे आदमी को क्या लाभ मिलता है? एक तरफ यदि वह संसार की तमाम सम्पत्ति को हासिल करने में कामयाब हो जाता है तो दूसरी तरफ वह अपनी आत्मा को भी तो खो बैठता है।"

हममें से बहुत-से लोग आज सांसारिक वस्तुओं पर नियन्त्रण बनाए रखने में अधिक रुचि लेते हैं। अपनी प्रकृति के दूसरे पक्ष का हम ज़रा भी विकास नहीं कर रहे हैं; जीवन में धन-सम्पत्ति के संचय में हम इस कदर डूबे हुए हैं कि हमारा आध्यात्मिक पक्ष लगातार विस्मृति के गह्वर में डूबता चला जा रहा है। केवल बाहरी सजावट का नाम ही जीवन नहीं है। जीवन नाम है आंतरिक पक्ष का, स्वतन्त्रता का। इसलिए, यह प्रकृति का एक अनिवार्य अंग है।

जब हम विज्ञान की बात करते हैं, तो विज्ञान से हमारा क्या अभिप्राय होता है? विज्ञान का अर्थ है वातावरण का पुनर्निर्माण। यह सोचना गलत है कि शिक्षा का उद्देश्य जीवन के साथ समायोजन है। शिक्षा का उद्देश्य

है जीवन का विकास करना, अपनी आवश्यकताओं के अनुरूप अपने को ढालना। यह अवसर जीवों को इसलिए दिया गया है कि वे अपने वातावरण को सुधार सकें और अपनी प्रकृति में परिवर्तन ला सकें। यह अवसर मनुष्य को दिया है। और यह इसीलिए सम्भव है कि मनुष्य प्रकृति के संबंध में किसी निर्णय तक पहुंच सकता है; वह केवल दिनचर्या पूर्ण करने वाला जीव बना नहीं रह सकता। वह अन्य उन सभी जीवों से भिन्न है, जो आदत और केवल आवश्यकता के शिकार हैं और जिनका जीवन एक स्व-चालित चक्र की तरह चलता रहता है। इस ढर्रे के जीवन में कोई भी सुधार नहीं लाया जा सकता। विज्ञान भी स्वयं यह कहता है कि मानवात्मा सम्पूर्ण भौतिक संसार से अधिक श्रेष्ठ है। यहीं मानवात्मा इस बात की पुष्टि करती है कि संसार को पुनर्निर्मित किया जा सकता है, इसे पुनः ढाला जा सकता है। इतिहास के आरम्भिक काल से आज तक संसार में जो भी परिवर्तन हुए हैं वे मानवात्मा द्वारा विश्व की शक्तियों को प्रेरित करने के कारण ही सम्भव हुए हैं। इसलिए विज्ञान यदि किसी बात की पुष्टि करता है तो इसका यह अर्थ नहीं होता कि वह पदार्थ के सर्व शक्तिमान होने की या भौतिकवाद को अन्तिम मानने की पुष्टि करता है बल्कि वह मानवात्मा द्वारा भौतिक संसार पर अपनी श्रेष्ठता की पुष्टि करता है। यह विज्ञान की सीख है। यदि हम इसे जान लें तो हम यह खोजने में भी समर्थ हो जाएंगे कि हममें एक ऐसा तत्व है जो रोज़मर्रा या कट्टरता का विषय नहीं है, जो मात्र स्वचालन या आदत का भी विषय नहीं है, बल्कि यह एक ऐसा तत्त्व है जो सम्पूर्ण अतीत से बढ़कर है और जो भविष्य की ओर अग्रसर होने में हमारी सहायता करता है।

आदत या परम्परा के नाम पर इस संरार में हमने बहुत-से ऐसे काम किए हैं, जिनकी स्मृति से आज हमारा सिर शर्म से झुक जाता है। जिस ढंग से आज हम एक-दूसरे के विनाश के लिए आणविक शस्त्रों की होड़ लगा रहे हैं, एक युग के बाद इन तमाम बातों को सोचकर हमारा सिर भी शर्म से झुक जाएगा। इससे भय का वातावरण निर्मित हो रहा है। हमें आज भय से मुक्ति पानी है, और भय की भावना इसीलिए विद्यमान है कि मनुष्य अपने भाई पर भी विश्वास नहीं कर पा रहा है। आवश्यकता है कि

मनुष्य विश्वसनीय बने, उसका व्यवहार प्रेममय हो, विनाश के बजाय वह निर्माण की ओर प्रवृत्त हो। चूंकि हम ऐसी स्थिति का निर्माण नहीं कर सके हैं, ये तमाम मुसीबतें हम पर आ गई हैं। इसीलिए गांधीजी हमें अभय, अर्थात् किसी भी चीज़ से न डरने की बात कहा करते थे। लेकिन तुम ज़रा भी सोचोगे तो तुम्हें मालूम पड़ेगा कि ये पदार्थ स्वयं ही ढल गए हैं और समाज का रूप स्वयं ही परिवर्तित हो गया है। आज की चुनौती यही है कि हम समाज का पुनर्निर्माण करें, राजनीतिक विचारों या धर्म को लेकर झगड़ा न करें और एक-दूसरे को समझने की कोशिश करें।

संसार के सभी महान धर्मग्रंथ एक ही सत्य की पुष्टि करते हैं : संसार में जितनी भी आत्माएं हैं, ईश्वर तक पहुंचने के उतने ही मार्ग हैं। ईश्वर अनन्त है, मनुष्य की आत्मा अनन्त है और मार्ग भी अनन्त हैं। हमारे लिए यह ज़रा भी आवश्यक नहीं है कि हम उन्हें एक सांचे में बिठाने की कोशिश करें, किसी विशिष्ट सिद्धान्त, कट्टरता या किसी अन्य चीज़ में बांधने की कोशिश करें। हमें हर प्रकार के रूढ़िगत विश्वासों से, चाहे वे धार्मिक हों, दार्शनिक हों या राजनीतिक हों, सावधान रहना है। मनुष्य की मुक्त आत्मा कभी भी किसी प्रकार की रूढ़ि से आबद्ध नहीं होती। गांधीजी अपनी प्रार्थनाओं में और अपनी पुस्तकों में इसी बात पर बल देते थे कि सभी मनुष्यों को एक ही ईश्वर की पूजा करनी चाहिए और इस बात की परवाह नहीं करनी चाहिए कि कोई व्यक्ति किस प्रकार की पूजा-पद्धति को अपना रहा है। यदि तुम किसी ऐसे स्थान पर जाओ जहां का वातावरण बहुत गम्भीर हो, धार्मिक भावना से आप्लावित हो, जहां लोग स्वयं अपनी तरफ देखने के बजाए अपने से श्रेष्ठ एक ऐसे तत्त्व की ओर देखते हों जो संसार में चारों तरफ फैला हुआ है तो तुम्हारा सिर श्रद्धा से झुक जाएगा, घुटनों को मोड़कर तुम ज़मीन पर टेक दोगे और उस परम तत्त्व की उपासना में दूसरों के साथ शमिल हो जाओगे।

ज्ञान और नैतिकता मनुष्य के पूर्ण विकास के लिए दो आवश्यक तत्त्व हैं : ज्ञान हमारे पुस्तकालयों में, हमारी प्रयोगशालाओं में, हमारी कक्षाओं में और हमारे भाषण-कक्षों में है और नैतिकता एवं ध्यानयोग हमारी आत्मा का विकास करते हैं, मन को सुधारते हैं और जो कुछ भी आज है, उसे

उससे भिन्न बना डालते हैं। मानव-प्रकृति से अधिक अस्वाभाविक चीज़ दूसरी कोई नहीं है, यह एक ऐसी चीज़ है जो नई परिस्थितियों के अनुरूप अपने को ढालने में निरन्तर समर्थ है। हमने दासप्रथा को त्यागा, द्वन्द्व युद्ध को समाप्त किया। केरल में, एक समय में मन्दिरों में प्रवेश करने से पूर्व अपने वर्ण की घोषणा करनी पड़ती थी। तिरुपति में मुझे बताया गया कि हरिजनों के प्रवेश से पूर्व मन्दिर में 10 लाख रुपयों का चढ़ावा आता था, जबकि आज उनके मन्दिर में जाने से 150 लाख रुपयों का चढ़ावा आता है।

लोगों द्वारा की गई पूजा और उपासना से तो ईश्वर की आत्मा संतुष्ट हो जायेगी लेकिन हमेशा से बहुत-सी ऐसी बातें की जाती रही हैं जो अपने को मनुष्य कहने वाले व्यक्ति द्वारा नहीं की जानी चाहिए। एक बार कलकत्ता में 2 लाख से अधिक लोगों के सामने मुझे बोलने का मौका मिला। मैं उन्हें यह बता रहा था कि ईश्वर की शुद्ध आत्मा रक्त-रंजित बलि की अपेक्षा नहीं करती। यदि ईश्वर खून चाहता है तो वह मेरा खून लेगा, यदि जीवन चाहता है तो मेरा जीवन लेगा। मैंने उन्हें विश्वासपूर्वक समझाया कि ऐसी बात नहीं है। मैंने उन्हें बताया कि वे ईश्वर पर गम्भीरतापूर्वक विचार करें, सिर्फ मन्त्रोच्चारण और ऋचाओं के गान से ही उसके अस्तित्व को स्वीकार न करें बल्कि उसे समझें और ब्रह्माण्ड के रहस्य को भेदने की कोशिश करें। यदि हम ऐसा कर पाते हैं तो हम दूसरे मनुष्यों से कभी घृणा नहीं करेंगे, कभी उनके ऊपर क्रोध नहीं करेंगे, क्रोध का हमारा कोई कारण ही नहीं होता, हम संसार में विश्वबन्धुत्व की भावना महसूस करेंगे। आज हमें इसी बात की आवश्यकता है। हमें ऐसे पड़ोसी समाजों की आवश्यकता नहीं है जो एक-दूसरे के प्रति शत्रुता का रुख अपनाएं। हमें एक ऐये समाज की आवश्यकता है जहां सभी मनुष्य परस्पर अनुराग की भावना महसूस करें क्योंकि वे सब एक ही तत्त्व से जनमे हैं, एक ही रक्त से अनुप्रमाणित हैं। जब हम एक ही चट्टान से तराशे गए हैं, एक ही स्रोत से उत्पन्न हुए हैं तो मित्र और अमित्र में कैसे फर्क हो सकता है? इस प्रकार का कोई भेद-भाव सम्भव नहीं है। ऐसा पागलपन ही मनुष्यों को आपस में बांटता है, गलत सिद्धान्तों से उपजी यह शत्रुता मनुष्यों में यह विश्वास जगाती है कि

सारी की सारी प्रतिभा का खजाना उनके पास है और शेष सभी लोग अन्धकार में भटक रहे हैं, और तुमसे यह अपेक्षा की जाती है कि अन्धकार में भटकते हुए लोगों को तुम प्रकाश में लाओ। इस तरह की तमाम बातों को हमें अपने जीवन से बाहर निकालना होगा। न्यूयॉर्क शहर में ईसाई मंच पर किसी के साथ की हुई बातचीत मुझे याद आ रही है। वहां प्रश्न उठाया गया था : सुकरात और प्लेटो; रामकृष्ण और गांधीजी को क्या हुआ? उन्होंने ईसाइयत क्यों नहीं अपनाई? उत्तर था कि हो सकता है कि वे ईसा की चर्च, बुद्ध के मन्दिर या पैगम्बर मुहब्बत की मसजिद में न जाते हों लेकिन सार्वभौमिक ईश्वर की चर्च में वे अवश्य जाते थे। एक महान आध्यात्मवादी कैथोलिक ने भी यही बात कही थी। गांधीजी ने भी यही बात दोहराई थी; यह बात हमें अपनी प्राचीन आध्यात्मिक परम्परा से प्राप्त हुई है अपने जीवन में रोज़ ही हमें इस बात की पुष्टि करनी होती है। जब किसी को क्रोध आता है, इन्द्रियों पर वश नहीं रहता है तो वह दूसरों में दोष ढूंढ़ता है, जबकि दोष उसी का होता है : और इससे अधिक विनम्र सिद्धान्त यह है कि हम दूसरों के बजाय अपने को ही दोषी मानें। गांधीजी ने इसी सिद्धान्त का अनुसरण किया था। यह हमें इस बात की याद दिलाता है कि विज्ञान और टेक्नॉलोजी से बढ़कर भी कोई चीज़ है, जो आगे बढ़कर पृथ्वी पर ईश्वर का सच्चा शासन स्थापित करने में हमारी सहायता करती है।

9

जवाहरलाल नेहरू

जवाहरलाल नेहरू हमारे युग के महानतम व्यक्तियों में से एक थे। उस महान राजनीतिज्ञ द्वारा मानव-स्वतन्त्रता के लिए की गई सेवाएं अविस्मरणीय हैं। वे स्वतन्त्रता-संग्राम के योद्धा के रूप में विख्यात थे। आधुनिक भारत के निर्माता के रूप में उनकी सेवाएं अद्वितीय थीं। वे हमारे मानसिक धरातल, सामाजिक ढांचे और बौद्धिक विकास पर अपने जीवन और कार्यों की गहरी छाप छोड़ गए।

एक व्यक्ति के रूप में नेहरूजी गहरी संवेदनशीलता, विशाल और उदार भावों सहित भावनाओं की दुर्लभ कोमलता का मिला-जुला रूप थे। कमज़ोर और निराश लोगों के लिए उनके हृदय में अपार सहानुभूति थी।

लेखक के रूप में उनका एक विशिष्ट स्थान है। उनकी आत्मकथा, जिसमें आत्मकरुणा या नैतिक श्रेष्ठता को ज़रा भी प्रमाणित करने की चेष्टा किए बिना उनके जीवन और संघर्ष की कहानी बयान की गई है, हमारे युग की सबसे अधिक उल्लेखनीय पुस्तकों में से एक है।

नेहरूजी स्वतन्त्रता की प्रभात वेला से ही हमारे देश के प्रधानमन्त्री बने रहे, अपने प्रधानमन्त्रित्व के इस लम्बे कार्यकाल में उन्होंने हमारे देश को प्रगतिशील, वैज्ञानिक, गतिशील और गैर-सम्प्रदायिक आधार प्रदान करने की कोशिश की। उदारतावाद के कतिपय बुनियादी सिद्धान्तों के प्रति अपनी गहरी निष्ठा से उन्होंने हमारे विचारों और जीवन को एक दिशा प्रदान की। यदि हम लोकतन्त्र और स्वतन्त्रता में जितना उनका विश्वास

था उसका स्मरण रखें तो हम उनके दृष्टिकोण और कार्यों से सम्बन्धित उनके विस्मयपूर्ण व्यवहार को अच्छी तरह समझ सकते हैं। उन्होंने विद्यमान सामाजिक और राजनीतिक संस्थाओं का उपयोग किया और उनमें एक नए जीवन का, एक नई शक्ति का संचार किया।

नेहरूजी ने आम सभाओं में बोलते हुए लोगों को अपने उन मूल्यों और मान्यताओं का अहसास कराया जिनमें उनका गहरा विश्वास था। उन्होंने मनुष्य जीवन के स्तर को ऊंचा उठाने के लिए संघर्ष किया और जन—सामान्य के वैचारिक स्तर के अनुकूल अपने आदर्शों को ढालने का प्रयत्न किया। उन्होंने अपने सर्वप्रथम सिद्धान्तों के प्रति, जो उन्हें बहुत अधिक प्रिय थे, लोगों में निष्ठा जगाई और इस प्रकार भारतीयों की एक सम्पूर्ण पीढ़ी का निर्माण किया, उसे ढाला और उसमें प्रेरणा का संचार किया। केवल महान आदर्शों में विश्वास करना ही पर्याप्त नहीं है। हमें उनकी प्राप्ति के लिए यत्न भी करना होगा।

यद्यपि उनका जीवन सुख-सुविधाओं की छांह-तले ही बीता था, फिर भी उन्होंने स्वयं राष्ट्रीय संग्राम में भाग लिया और एक महान नेता बने उनका स्थान गांधीजी के बाद आता है। राष्ट्रीय संग्राम में और 1947 में भारत के प्रश्न पर अन्तिम समझौता होने के समय उनके द्वारा निभाई गई भूमिका आधुनिक भारत के इतिहास का एक हिस्सा है।

नेहरूजी ने स्वतन्त्रता के उदय के पूर्व ही अनुभव कर लिया था कि एक नियोजित योजना के बिना न तो हमारा आर्थिक पुनरु स्थान हो सकता है और न ही हमारा जीवन प्रगतिशील और आधुनिक बन सकता है। सत्ता के हस्तान्तरण के बाद, योजना आयोग के अध्यक्ष की हैसियत से उन्होंने उन सभी विभिन्न योजनाओं को गति और शक्ति प्रदान की जिनका क्रियान्वयन हम आज कर रहे हैं।

भारतीय स्वतन्त्रता के प्रारम्भिक वर्षों में, राष्ट्र-निर्माता के रूप में नेहरूजी का मार्ग जबरदस्त कठिनाइयों और भयानक चुनौतियों से घिर हुआ था। देश का विभाजन हुआ, जिसके परिणामस्वरूप लाखों लोगों को अपना घर बार छोड़कर भयानक दंगों, लूट और आगजनी के बीच इस उपमहाद्वीप के एक हिस्से से दूसरे हिस्से में जाने के लिए बाध्य होना पड़ा।

इससे अनेक राजनीतिक और आर्थिक समस्याएं उठ खडी हुई। इनका समाधान सहज नहीं था। सारे देश में साम्प्रदायिक हिंसा का तांडवनृत्य शुरू हो गया और आज भी यह पूरी तरह से थमा नहीं है। इससे निश्चय ही नेहरूजी को यह महसूस हुआ होगा कि गांधी जी द्वारा आरम्भ किए गए और स्वयं उनके द्वारा विकसित किए गये उनके महान कार्यों में कही कोई जबरदस्त कमी रह गई है।

नेहरूजी की हमेशा यह धारणा रही है कि भारत कभी भी विश्व के अन्य देशों से अलग-थलग नहीं रह सकता। स्वतन्त्रता-प्राप्ति के पूर्व भी वे इस बात की वकालत करते थे कि भारत की स्वतन्त्रता के लिए लड़े जाने वाले संग्राम का प्रश्न भी साम्राज्यवाद के खिलाफ लड़ने वाले दलित लोगों के विशाल आन्दोलन का ही एक हिस्सा है। वे केवल अपने लोगों की स्वतन्त्रता के आकांक्षी ही नहीं थे। इसलिए उन्होंने अफ्रीका, एशिया और दक्षिण अमेरिका के सभी स्वतन्त्रता-आन्दोलनों के प्रति सहानुभूति दर्शायी और उन्हें समर्थन प्रदान किया। वर्ग, जाति या देश के भेद के बिना वे सभी की स्वतन्त्रता में विश्वास रखते थे।

विश्व शान्ति और एक विश्व-समुदाय की धारणा में नेहरूजी का गहरा विश्वास था। संयुक्त राष्ट्रसंघ के घोषणा-पत्र के प्रति नेहरूजी से अधिक विश्वास किसी अन्य व्यक्ति को नहीं था। उन्होंने अनुभव किया था कि आणविक शक्ति के इस युग में युद्ध का अर्थ होगा—सभ्य संसार के सभी मूल्यों का विनाश। इसीलिए उन्हें इस बात का पूरा विश्वास था कि इस विक्षिप्त संसार में, युद्ध की भयावहता के बिना, अन्तर्राष्ट्रीय झगड़ों को सुलझाने के लिए तनावों और संघर्षों को कम करने और सद्भाव तथा पारस्परिक सामंजस्य के वातावरण के निर्माण के द्वारा ही राजनीतिज्ञ अपनी सच्ची भूमिका का निर्वाह कर सकता है। कोरिया, लाओस, कांगो और वियतनाम जैसे अनेक अन्तर्राष्ट्रीय प्रश्नों के सम्बन्ध में उन्होंने शान्ति और मैत्री की आवाज़ उठाई और उनकी आवाज़ हमेशा सम्मान के साथ सुनी गई।

उनके साहस, उनकी प्रतिभा और उनके व्यक्तित्व के कारण ही यह देश एक बना रहा। यदि हमें देश की बागडोर संभालनी है तो हमें इन गुणों

को अपने में विकसित करना होगा। वे मानव जाति के महान मुक्तिदाता थे, वे एक ऐसे व्यक्ति थे जिन्होंने मानव-मस्तिष्क को राजनीतिक दासता, आर्थिक दासता, सामाजिक दमन और सांस्कृतिक गत्यावरोध से मुक्त करने के लिए अपना सारा जीवन और सारी शक्ति लगा दी।

जवाहरलाल केवल भारत के ही सेवक नहीं थे बल्कि वे दुःखी मानवता के भी सेवक थे। न्यूक्लीय भौतिकी की चमत्कारिक गतिविधियों से आतंकित होकर उन्होंने महसूस किया कि मनुष्य का सबसे बड़ा शत्रु, जिसके खिलाफ उसे युद्ध करना है न तो यह देश है न वह देश, बल्कि स्वयं युद्ध है। इसलिये उन्होंने शान्तिपूर्ण सह-अस्तित्व, सहयोग और गुट-निरपेक्षता के सिद्धान्तों द्वारा राष्ट्रों में परस्पर सामंजस्य स्थापित करने के लिए अपनी ओर से भरसक कोशिश की। सभी झगड़े गलतफहमी की वजह से पैदा होते हैं और सामंजस्य के द्वारा हम झगड़ों की कड़ुवाहट को कम करने की कोशिश करते हैं।

नेहरूजी ने महात्माजी द्वारा सिखाए गए सभी महान आदर्शों को अमल में लाने की कोशिश की। महात्माजी ने कहा था : "मैं प्रत्येक मनुष्य की आंखों के प्रत्येक आंसू को पोंछना चाहता हूं।" जवाहरलालजी को यह वाक्य दोहराना बहुत भला लगता था और हमारे देश के सामाजिक ढांचे के पुनर्निर्माण के लिए विज्ञान और टेक्नालाजी के प्रयोग के द्वारा उन्होंने आम जनता की कठिनाइयों को दूर करने की कोशिश की, जिससे कि वे यह महसूस कर सकें उनके साथ इस देश में पूरी तरह से प्रथम श्रेणी के नागरिक के रूप में बर्ताव किया जा रहा हैं। विज्ञान और सामाजिक पुनर्निर्माण पर बल देना उनके दृष्टिकोण का बुनियादी पहलू रहा है।

इसके अलावा वे बहुत गहराई से यह महसूस करते थे कि राष्ट्रों को व्यक्तियों की तरह, नैतिक सिद्धान्तों का पालन करना चाहिए। उन्हें कतिपय नैतिक बन्धनों को भी मानना चाहिए। उन्हें सभी प्रकार के नियमों से ऊपर नही समझा जा सकता। उन्हें अपने को कानून के अधीन मानना चाहिए। राष्ट्र की अपनी एक आत्मा होनी चाहिए। यदि वह उस आत्मा को खो देता है तो वह धन-सम्पत्ति जुटाने मैं तो अवश्य कामयाब हो जाएगा लेकिन आखिर मैं उसका विनाश अवश्यम्भावी है। इसीलिए जवाहरलाल

जी ने हमें बताया कि राष्ट्रीय मामलों में भी हमें नैतिकता का पालन करना चाहिए।

एक वाक्य में कहा गया है :

'धर्मो रक्षति रक्षितः।'

यदि हम धर्म की रक्षा करते हैं, तो वह हमारी रक्षा करेगा। यदि हम धर्म की उपेक्षा करते हैं तो धर्म भी हमारी उपेक्षा करेगा। हर वस्तु की प्रकृति का यही नियम है और हमें राष्ट्रहित के मामले में भी एक हद तक आत्मसंयम रखने की सलाह दी गई है। जब कभी आर्थिक और राजनीतिक हित आध्यात्मिक हितों से टकरायें तो हमें आध्यात्मिक हितों को ऊपर उठाने के लिए आर्थिक और राजनीतिक हितों को ठुकरा देना चाहिए। 14 अगस्त, 1947 के महान दिवस के अवसर पर अतीत, वर्तमान और भविष्य के सजीव इतिहास की ओर देखते हुए समय की गरिमा से युक्त जवाहरलाल नेहरू ने खड़े होकर हमें यह कहा था :

"मैं इस निष्कर्ष पर पहुंचा हूं कि जब तक हम कतिपय नैतिक सिद्धांतों का पालन नहीं करते, तब तक हम अतीत के अपने गौरव को दुबारा प्राप्त नहीं कर सकते।"

हमें नेहरूजी के जीवन से सीखी जाने वाली विस्तृत बातों पर विचार करना है। उनके बारे में एक बड़ी बात तो यह है कि उन्होंने अपने-आपको जनता के जीवन के साथ एकाकार कर दिया था और उनके जीवन को अधिक समृद्ध और पूर्ण बनाने की कोशिश में जुट गए थे। उनके विचार महान थे और सच्ची महानता इस बात की अनुभूति में है कि व्यक्ति का जन्म सिर्फ अपने लिए ही नहीं होता बल्कि अपने साथियों के लिए, अपने पड़ोसियों के लिए और अपने देशवासियों के लिए भी होता है। नियति ने उनकी भूमिका केवल देश के महान उद्धारक के रूप में ही नहीं बल्कि देश के महान निर्माता के रूप में भी नियत की थी। उन्होंने अपने देशवासियों को केवल राजनीतिक स्वतंत्रता ही नहीं दिलाई बल्कि सामाजिक और आर्थिक न्याय दिलाने की भी कोशिश की। अपने जीवन में व्यक्तिगत सुख और धन-संग्रह के प्रति वे नितांत उदासीन रहे।

देश के निर्माण की दशा में सबसे ज्यादा उनका ध्यान रूढ़िगत धर्मों के

अंधविश्वासों से मस्तिष्क को मुक्त रखने की ओर था। हमारी धार्मिक परंपरा उदारता की महान परंपरा रही है।

गीता में कहा गया है :

ये यथा मां प्रपद्यन्ते, तांस्तथैव भजाम्यहम्।
मम वर्त्मानुवर्तन्ते, मनुष्याः पार्थ सर्वशः॥

"हे पार्थ! जिस तरीके से भी मनुष्य मुझ तक पहुंचते हैं, मैं उन्हें स्वीकार करता हूं; सभी दिशाओं से लोग मेरे पन्थ का अनुवर्तन करते हैं।"

ईश्वर किसी की भी आशा पर तुषारपात नहीं करता बल्कि सभी आशाओं को अपने ढंग से विकसित होने में सहातता प्रदान करता है। भारतीय परंपरा में किसी विशेष धर्म के रूप पर बल नहीं दिया गया है अपितु सभी धर्मों में अभिव्यक्त सहज भावनाओं को महत्त्वपूर्ण माना गया है।

नेहरूजी यह मानते थे कि प्रत्येक व्यक्ति अनिवार्यतः अपूर्ण है, उसे पूर्ण बनना है, उसे आत्मा और स्वतंत्रता के बृहत्तर जीवन में प्रवेश करना है, वह अभी निर्माण की अवस्था में है, उसे अपने-आपका निर्माण करना है। जो मनुष्य धर्म का सच्चे अर्थों में पालन करता है, वही सच्चे अर्थों में मनुष्य है, बही आध्यात्मिक, सुखी, अपराजेय, विचारशील और दिव्यपथ का अनुगामी होता है।

उन्होंने हमारे जीवन के विभिन्न पहलुओं पर अपनी छाप छोड़ दी है। हमारे देश के जीवन का कोई ऐसा पहलू नहीं है जो उनसे अप्रभावित रह गया हो व्यक्तियों के समान राष्ट्र भी उनके प्रभाव से अकस्मात् जाग उठे, वे अपने साधन जुटाने की नये सिरे से शुरुआत करने और अपने भविष्य का निर्णय स्वयं करने के कार्य में जुट गए। हमारे लिए, पिछले पचास वर्षों की अवधि ऐसे ही क्रांतिकारी परिवर्तन की अवधि रही है। पहले महात्मा गांधी और फिर नेहरू। संघर्ष की इस अवधि में विकसित सभी सिद्धांतों को हमारे संविधान में स्थान दिया गया। हमारे सामने बहुत-से कार्य थे, लेकिन हमने उन सभी कार्यों को लोकतांत्रिक संस्थाओं के ढांचे के भीतर ही करने का प्रयत्न किया। द्वितीय विश्वयुद्ध के बाद बहुत-से देश स्वाधीन हुए। लेकिन उनमें से बहुतों ने तानाशाही शासन के अधीन रहना ही अधिक

पसंद किया। लोकतंत्र के अनेक प्रकार हैं, निर्देशित, नियंत्रित, बुनियादी और लोकप्रिय। हमने संसदीय लोकतंत्र अर्थात् विधि और प्रतिनिधि संस्थाओं के शासन को अपनाया। जवाहरलाल नेहरू ने धारासभा में, अस्थायी संसद में और संसद में भी एक प्रमुख नेता और मार्गदर्शी सितारे के रूप में अपनी भूमिका निभाई। उन्होंने संसद को स्वतंत्रता का और लोकतांत्रिक मान्यताओं का आश्रयस्थल बनाया। वे इस कार्य में जुट गए और एक बड़ी हद तक उन्हें कामयाबी हासिल हुई। वे असहिष्णु व्यक्तियों को भी सहन करते थे। केवल संख्या के बाहुल्य या बहुमत के शासन से वे निर्णय नहीं लेते थे। मुझे ऐसे दो अवसर याद हैं, जो इसके जीते-जागते उदाहरण हैं। जब यह प्रस्ताव रखा गया कि विधिमंत्री को ही महान्याय-वादी बनाया जाय तो उन्होंने इसे ठुकरा दिया। जब अठारहवां सांविधानिक संशोधन पेश किया गया, संसद में विचारार्थ स्वीकार कर लिया गया, तो पहले चरण में तो यह पारित हो गया, लेकिन जब उन्होंने देखा कि इसका काफी विरोध हो रहा है तो उन्होंने इसे वापस ले लिया। इससे पता लगता है कि वे जनमत का कितना सम्मान करते थे। वे हठवादी नहीं थे, उनका मस्तिष्क लचीला था और वे जनमत के अनुकूल निर्णय लेने के लिए हमेशा तैयार रहते थे।

ये लोकतांत्रिक भावनाएं हमारे दिमाग में इस कदर जड़ें जमा चुकी थीं कि उनकी मृत्यु के बाद भी सत्ता के हस्तांतरण का कार्य बड़े सहज, शांत और लोकतांत्रिक ढंग से सम्पन्न हो गया। जिस ढंग से यह कार्य सम्पन्न हुआ, उसे देखकर सारा संसार चकित रह गया।

एक लोकतांत्रिक व्यक्ति के रूप में, नेहरू जी व्यक्ति के महत्त्व में विश्वास रखते थे। किसी भी व्यक्ति को मनुष्य के ढेर सारे मलबे पर फेंका नहीं जा सकता। उसे महत्त्वपूर्ण और सोद्देश्य माना जाना चाहिए; और किसी भी राज्य या संगठन को व्यक्ति को दबाने की कोशिश नहीं करनी चाहिए। राज्य का अस्तित्व व्यक्ति के लिए है, न कि व्यक्ति का अस्तित्व राज्य के लिए है। यह उनका मुख्य सिद्धांत था।

अपनी अनेक वक्तृताओं में, उन्होंने इन बातों का उल्लेख किया है। यदि हम अपने देश के सभी व्यक्तियों के लिए विकास के अवसर जुटाना

चाहते हैं तो हमें अपना कृषि और औद्योगिक उत्पादन बढ़ाना होगा। इसीलिए उन्होंने हमारे जीवन के विकास के लिए विज्ञान और टेकनॉलॉजी को अपने मुख्य सिद्धांतों के रूप में स्वीकार किया। हम जहां भी नजर घूमाते है, हमें औद्योगिक परियोजनाएं इंजीनियरी और टेकनॉलॉजी के कॉलेज दिखाई पड़ते हैं और हम एक ऐसी नई चेतना को महसूस करते हैं जिसने विज्ञान को इतना महत्त्वपूर्ण बना दिया है।

वे अणुशक्ति आयोग के अध्यक्ष थे। बीटन और मैडॉक्स ने अपनी एक पुस्तक में कहा था कि कनाडा और भारत दो ऐसी शक्तियां हैं जो आणविक शक्तिसम्पन्न राष्ट्रों के रूप में पूर्णतः विकसित हैं; और चीन के अध्याय उन्होंने बताया कि चीन 1963 में ही आणविक शस्त्रों का निर्माण करने की स्थिति में पहुंचेगा, जबकि भारत यदि चाहता तो वह चीन से भी पहले इस स्थिति में पहुंच गया होता। दूसरे शब्दों में, हम वैज्ञानिक शक्ति और ऊर्जा के विकास के सिद्धांत में तो विश्वास करते हैं लेकिन सैनिक उद्देश्यों के लिए हम उनका उपयोग नहीं करना चाहते। हमने अपनी नीति में शांतिपूर्ण उद्देश्य के लिए आणविक शक्ति का प्रयोग करने की घोषणा की है।

वैज्ञानिक उपलब्धि से अधिक महत्त्वपूर्ण बात है मस्तिष्क के वैज्ञानिक ढांचे की, चिन्तन के वैज्ञानिक तरीके की। हममें से बहुत-से लोग केवल कक्षा में ही वैज्ञानिक होते हैं लेकिन जैसे ही वे अपने घरों को वापस लौटते हैं तो अंधविश्वास के शिकार हो रहे होते हैं, जिससे उनमें भय, उत्पीड़न और मानसिक बीमारियां जन्म ले लेती हैं। ये चीज़ें शहरों के बजाय गांवों में ज्यादा प्रचलित हैं। इन्हीं चीज़ों के खिलाफ उन्होंने आवाज़ उठाई। उन्होंने युगों से चली आ रही अन्धविश्वासों की इन रीतियों और प्रथाओं को दूर करने की भरसक कोशिश की। इनमें से कुछ रीतियां तो अच्छी हैं, कुछ खराब। बुरी रीतियों से हमें छुटकारा पाना है और अच्छी रीतियों को हमें बनाए रखना है।

जवाहरलाल नेहरू सौन्दर्य और कला के प्रेमी थे। सुन्दर कलाकृतियों का उन पर गहरा असर होता था। संसार हंसी और आंसुओं का मिश्रण है। इस संसार की बहुत-सी चीज़ों को देखकर हमारी आंखों में आंसू भर

आते हैं। ऐसी भी चीज़ें हैं जिन्हें देखकर हमारी हंसी फूट पड़ती है। एक विख्यात श्लोक में कहा गया है।

> क्वचिद् वीणावाद्यं क्वचिदपि च हाहेति रुदितं,
> क्वचिन्नारी रम्या क्वचिदपि जराजर्जरवपुः।
> क्वचिद् विद्वद्गोष्ठी क्वचिदपि सुरामत्तकलहः
> न जाने संसारः किममृतमय कि विषमयः॥

अर्थात् एक तरफ यदि वीणावाद्य है तो दूसरी तरफ 'हाहेतिरुदितम्—रोना-धोना; एक तरफ रम्या नारी है तो दूसरी तरफ 'जराजर्जरवपुः' अर्थात् जरा से जर्जर शरीर है। एक तरफ विद्वद्गोष्ठी है तो दूसरी तरफ 'सुरामत्त-कलह' भी है। हम नहीं जानते कि यह संसार क्या है? यह अमृतमय है या विषमय? यह एक सवाल है। नेहरू जी ने जीवन के विषमय पक्ष को कम करने की कोशिश की, लोगों के आंसू पोंछने की कोशिश की। उन्होंने स्त्रियों को अपने को, अपने जीवन में अपने विचारों को अभिव्यक्ति करने का अवसर प्रदान किया, क्योंकि वे कलाप्रेमी थे।

जवाहरलाल नेहरू एक महान साहित्यिक कलाकार थे। उन्होंने देश की कला और साहित्य को प्रोत्साहन दिया। उनकी आत्मकथा महान साहित्यिक कलाकृतियों के समान व्यक्तिगत होते हुए भी सार्वभौमिक थी। इसमें उनका आत्मपरिचय और ऐतिहासिक घटनाओं का समावेश भी है। यदि आप इस किताब को पढ़ें तो आप पाएंगे कि एक महान मस्तिष्क इसके पीछे कार्यरत है, एक ऐसा मस्तिष्क जो अत्यन्त संवेदनशील है, जो जीवन के संग्राम में खो गया है; फिर भी जिसमें भावना, शक्ति और उत्साह से लबालब भरकर धैर्यपूर्वक लिखने की शक्ति है।

कुछ दूसरी तरह की बातें भी हैं। 1954 में उन्होंने अपनी वसीयत लिखी थी। 14 अगस्त, 1947 को धारासभा में उनके द्वारा दिया गया महान भाषण मैं कभी नहीं भूल सकता। गांधीजी की मृत्यु के बाद भी उन्होंने एक वक्तव्य दिया था। इन सभी बातों से संकेत मिलता है कि उनका व्यक्तित्व शक्तिशाली था, उनका चरित्र महान, मोहक, चिन्तातुर, उदार और स्वतन्त्र था। उनके चरित्र की इन विविधताओं को हम उनमें आसानी से खोज लेते हैं। यह भी सच है कि उनकी आवाज़ बहुत शांत हुआ

करती थी। नेहरूजी की वह सजीव वाणी अब हम कभी नहीं सुन सकते। लेकिन उनकी कृतियों से हम आज भी उनके विचारों को जान सकते हैं। वे हमारी जाति की विरासत के एक अंग बन चुके हैं और यह भी उचित ही है कि उनकी यादगार में हमने एक संग्रहालय रख छोड़ा है।

विदेशी मामलों में, उनका विश्वास था कि हम ऐसे वक्त से गुज़र रहे हैं कि 'विदेशी मामला' शब्द ही आज असंगत हो गया है। निरन्तर आज़ादी की ओर बढ़ते हुए इस संसार में, हमें सारे विश्व के, सारे संसार के विचारों को अपनाना है; हमें इस देश के या उस देश के संकीर्ण विचारों को अपनाने की कोशिश नहीं करनी है। संकीर्ण राष्ट्रवाद राजनीतिक हठधर्मिता का एक ही रूप है। उनका अनुभव था कि न तो युद्ध अपरिहार्य है और न ही शान्ति असम्भव है। उन्होंने गुटनिरपेक्षता की नीति को अपनाया। इसका क्या अर्थ है, इसका यह अर्थ नहीं है कि हमारा किसी के प्रति कोई दायित्व नहीं है, हम ऐकांतिकता में विश्वास नहीं रखते; हम शक्ति के लिए उस संघर्ष में भी अपने को उलझाना नहीं चाहते जिसके लिए महाशक्तियां संघर्षरत हैं। इसलिए उन्होंने शक्ति-समूहों से तटस्थ रहने की, स्वतन्त्र निर्णय लेने और उनके अनुसार कार्य करने की शक्ति को बरकरार रखने की और किसी भी गुट के साथ न मिलने की अपनी नीति को बनाए रखा। उनकी इच्छा थी कि भारत दूसरे देशों की मदद करे और आवश्यकता पड़ने पर मध्यस्थता भी करे। हम संयुक्त राष्ट्र की नीति का अनुसरण करने के लिए वचनबद्ध हैं। यह हमारा लक्ष्य रहा है। हमने अपने सैनिकों को गाज़ा-पट्टी पर भेजा; हमने उन्हें कांगो भेजा; हमने अपने एक जनरल को कोरियन प्रत्यर्पण आयोग के अध्यक्ष के रूप में भेजा; उसी जरनल ने बाद में साइप्रस के निकोसिया में भी कार्य किया। हमने विश्व के मामलों से कभी अपने को अलग नहीं किया। हम विश्व की समस्याओं को सुलझाने में और संसार में शान्ति की स्थापना करने में अपना पूरा योगदान देना चाहते हैं। आज भी हम इसी कार्य में जुटे हुए हैं।

इन तमाम चीज़ों के लिए हमें ऐसी मनःस्थिति चाहिए जिसकी हम लोगों में कमी है और जिसका हमें विकास करना है। एक नये संसार के निर्माण के लिए हमें आवश्यकता है एक नये तरह के इन्सान की, जो

पक्षपात, हर प्रकार की घृणा और हर प्रकार के भय से मुक्त हो—'बीत-रागभयक्रोधः'। हमें राग, भय और क्रोध से रहित होना है। एक नया संसार, बहादुर संसार और एक संकीर्ण पीढ़ी कभी साथ नहीं चल सकते।

इस अशान्त, बदलते हुए संसार में, हमारा देश नेहरूजी के बुद्धिमत्ता-पूर्ण नेतृत्व में, राष्ट्रीय और अन्तर्राष्ट्रीय व्यवहार की धुरी को भी बदलता रहा है। उनके लिए जीवन सिर्फ कवायद न होकर एक निरन्तर संघर्ष था, ऐसा संघर्ष, जो क्या है और क्या होना चाहिए में होता है। महापुरुष उस दीपक के समान होते हैं जो दूसरों को तो प्रकाशित करते हैं लेकिन स्वयं तिल-तिल जलते रहते हैं। नेहरूजी हमेशा ही देश की सेवा के लिए तैयार रहते थे और दूसरा कोई विचार उनके दिमाग पर कभी हावी नहीं हुआ।

उनकी यह आकांक्षा थी कि वे भारतीय मस्तिष्क को पूर्वाग्रहों और अन्धविश्वासों की उन बेड़ियों से मुक्त कर दें जिनकी गिरफ्त में वे बुरी तरह से जकड़े हुए थे। वे हठवाद और तानाशाही के बजाय विज्ञान और समाजवाद पर आधारित एक सभ्य राष्ट्र का निर्माण करना चाहते थे।

नेहरूजी इस बात पर बल दिया करते थे कि युवकों के सन्तुलित विकास के लिए दो प्रकार की विचारधाराएं आवश्यक हैं—वैज्ञानिक और आध्यात्मिक। संसार का वैज्ञानिक ज्ञान, जिसमें कि आज हम जी रहे हैं, युवकों की सही शिक्षा के लिए ज़रूरी है। परन्तु मानवीय विषयों के अध्ययन के बिना सिर्फ विज्ञान का अध्ययन अमानवीयता की ओर ले जाता है। प्रचार के वन्धन में निरन्तर पड़े रहने से भी मनुष्य सिर्फ मशीन बना रह सकता है। उसका व्यवहार नपा-तुला और ऐसा हो जाता है कि जिसका पहले से ही अनुमान लगाया जा सके। मनुष्य आधा पशु है। लेकिन विज्ञान और टेकनॉलॉजी के विकास से मनुष्य आधा निर्माता आधा ईश्वर बन गया है। मनुष्य के निर्माण का, उसकी कृत्रिमता का अर्थ है—अपने-आपको पूर्ण करने का अनन्त कार्य, अपनी शारीरिक सीमाओं से परे होना क्योंकि अपने आपको पूर्ण बनाने के लिए मनुष्य को प्रकृति की जड़ता को झकझोर डालना होता है। शास्त्रों के अध्ययन से आध्यात्मिक प्रतिभा का विकास होता है। ये शास्त्र काल-रहित हैं। ये सभी कालों के लिए हैं। शास्त्रों का अभ्यास

उदार शिक्षा का मूल है। कालिदास के समान कवि या शेक्सपियर के समान नाटककार अपनी समग्र तीव्रता और करुणा के साथ मनुष्य की प्रकृति के विभिन्न पक्षों का उद्घाटन करते हैं।

उदाहरण के लिए शेक्सपियर एक विश्व-पुरुष है। उनके विचार, उनकी मनःस्थितियां, उनके भाव न केवल अंग्रेजों द्वारा बल्कि संसार के सभी पाठकों द्वारा अनुभव किए जाते हैं। उन्होंने केवल बाहरी हलचल और आवरण तक ही दृष्टि नहीं डाली बल्कि उस संसार की गहराई को भी समझा जिसमें हम रहते हैं। उन्होंने मनुष्य-प्रकृति को, उसके निर्लज्ज वैभव और उसके दमित विचारों और भावनाओं के साथ, समझा।

शास्त्र मानव-प्रकृति को समझने में हमारी सहायता करते हैं और हमारे अपने जीवन में सहिष्णुता, सहानुभूति और पारस्परिक सामंजस्य का दृष्टिकोण अपनाने में हमारी सहायता करते हैं। बहुत-से लोग बिना जाने ही ज्ञान का द्वार बन्द करके और अपनी रुचियों और दृष्टिकोणों को संकीर्ण बनाकर अपने लिए मानसिक जेल का निर्माण कर लेते हैं। इस प्रकार उनके जीवन सपाट सुविधाओं और रूढ़ियों के जाल में फंसकर रह जाते हैं। यदि हम सच्चे अर्थों में मनुष्य हैं तो हमें गलती करने वाले विनाशी जीवों के साथ निश्चय ही सहानुभूति होगी। हमें प्रतिहिंसा की भावना को जीतना होगा। आज इतिहास द्वारा दिए गये अवसर को हमें झपट लेना होगा। मशीन युग संसार पर आरोपित क्रूर और युद्ध-लोलुप गुटों के भीतर ही हमें स्वतन्त्रता को नया अर्थ देना होगा। इस कार्य की सिद्धि में नेहरूजी के जीवन और आदर्शों ने और उनके द्वारा किए गए भारी प्रयत्नों ने एक महान भूमिका अदा की है। जवाहरलाल नेहरू ने महान ग्रन्थों का अध्ययन किया था। सभी राजनैतिक उत्तेजनाओं के बावजूद वे स्वाध्याय के लिए रोज़ ही समय निकाल लिया करते थे। हमारे युवकों को नेहरूजी की बौद्धिक चेतना की इस विशेषता का अनुसरण करने की कोशिश करनी चाहिए। महान् ग्रन्थों का स्वाध्याय किए हुए विद्यार्थी में स्वयं अपने-आप निर्णय लेने की और अपने अविचल गहराई में झांकने की शक्ति पैदा हो जाती है। विचार -स्वातन्त्र्य मनुष्य के आध्यात्मिक जीवन और उसके मानसिक कार्य की धुरी है। बिना इस स्वतन्त्रता के लिखा गया तमाम साहित्य, जो इन कार्यों का

लिखित फल है, चरित्र और सभ्यता के सन्दर्भ में मानवीय विकास के मार्ग में रोड़े अटकाएगा। नेहरूजी निश्चित रूप से एक लोकतान्त्रिक व्यक्ति थे, जो भावना की स्वतन्त्रता में विश्वास रखते थे।

महान ग्रन्थों के अध्ययन से हममें विनय की भावना बस गई है। लोकतान्त्रिक संस्थाओं द्वारा सन्तोषजनक कार्य करते रहने के लिए यह विशेषता बहुत आवश्यक है। लोकतन्त्र में हमें यह मानकर चलना है कि दूसरा व्यक्ति अधिक बेहतर और बुद्धिमान भी हो सकता है। हमें उन लोगों से नफरत नहीं करनी चाहिए जो हमें नुकसान पहुंचाते हों। हम उन्हें बुराइयां छोड़ने के लिए मजबूर नहीं करेंगे। बुराई से घृणा एक प्रकार से घृणा की गुलामी है। यह तरीका है प्यार का न कि घृणा का।

14 अगस्त, 1947 की आधी रात के आसपास समय के गाम्भीर्य की भावना से भरकर और मानो यह देखते हुए कि भारत का लम्बा इतिहास, प्राचीन भारत की महानता और गौरव, उसकी पराजय और विपत्तियां, उसकी वर्तमान कठिनाइयां और दुःख, उनकी आंखों के सामने सजीव होकर खड़े हों, नेहरूजी ने कहा : "यह एक ऐसा क्षण है, जो इतिहास में कभी-कभार ही आता है। यह क्षण ऐसा लग रहा है मानो दीर्घकाल से दबाई गई किसी देश की आत्मा अभिव्यक्ति पा रही हो। यह इस पुनीत क्षण के अनरूप ही होगा कि हम यह प्रतिज्ञा करें कि हम भारत की, उसके लोगों की और उससे भी अधिक मानवता की सेवा का व्रत लेते हैं। इस प्रतिज्ञा की अनुभूति इतनी अधिक तीव्रता से शायद ही किसी अन्य जननेता के हृदय में हुई हो।

विदेशी मामलों में नेहरू जी यह अनुभव करते थे कि अपनी विचित्र समस्याओं और प्राचीन इतिहास को ध्यान में रखते हुए हमें सैनिक गुटों से अलग रहने की नीति का अनुसरण करना चाहिए। गुट निरपेक्षता की इस नीति को कभी-कभी बहुत अधिक गलत समझाया गया है। लेकिन भारत में रहने वाले हम लोग यह जानते हैं कि नेहरूजी द्वारा दी गई गुटनिरपेक्षता की यह धारणा स्वतन्त्रता और निरंकुशता के संघर्ष में निष्क्रिय तटस्थता की नीति नहीं है। जो लोग उन्हें जानते हैं उन्हें मालूम है कि उनकी हार्दिक इच्छा क्या थी। राष्ट्रीयता की भावना उस स्थिति में न्याय-

संगत है जब लोगों के मन में अपने देश की बागडोर खुद अपने हाथ में संभालने की इच्छा ने जन्म ले लिया हो। लेकिन जब यह भावना एक ऐसी आकांक्षा के रूप में विकसित होती है कि वे दूसरों पर शासन करें या उन्हें नष्ट कर दें या उन्हें अपना गुलाम बना लें तो यह न्यायसंगत न होकर हानिकारक होती है। वे हमेशा स्वतन्त्रता और लोकतन्त्र के मित्र और वीर योद्धा रहे। नेहरू जी ने समस्याओं का गहरा और विश्वसनीय समाधान ढूंढ़ा और उनके द्वारा किए गए समझौतों में अनुभव की वह गहराई प्रति-बिम्बित हुई जिसकी दूसरी मिसाल एशिया में नहीं मिल सकती और भारत के प्रति उनके जैसा प्रेम दूसरों में ढूंढ़ें नहीं मिल सकता।

देश के लिए उनके द्वारा की गई सेवाएं सभी को अच्छी तरह से ज्ञात हैं। स्वतन्त्रता-संग्राम के योद्धा के रूप में, आधुनिक, वैज्ञानिक, गैर-साम्प्रदायिक और सामाजिक राष्ट्र के निर्माता के रूप में उन्होंने हमें एक दिशा प्रदान की। उनका व्यक्तित्व शक्तिशाली और चुनौती-भरा था। उनके अनेक पक्ष थे, उनका उत्साह बहुमुखी था। वे दूरदर्शी थे; उन्होंने संसार की घटनाओं के दूरवर्ती परिणामों को समझा। उन्हें अपने-आपकी, अपने देश की और विश्व की नियति का गहरा ज्ञान था। जीवन-भर उनके हृदय में मानवता के प्रति अदम्य स्नेह का भाव बना रहा। यद्यपि उनकी शिक्षा-दीक्षा पाश्चात्य संस्थाओं में हुई, फिर भी उनके हृदय में भारत के प्रति एक ऐसी भावना थी, जिसे उनसे जुदा नहीं किया जा सकता था। "भारत मां ने मुझे उसी तरह बांधा हुआ है जिस तरह मां अपने बच्चों को असंख्य रूपों में आलिंगन में बांधती है।"

किसी ने कहा है कि वे लेनिन के समान अनीश्वरवादी और टाल्स्टाय के समान ईसाई थे। यह मिथ्या कथन है। वे कभी-कभी अपने को मूर्तिपूजक कहते थे। इससे प्रचलित धार्मिक विश्वासों और अनुष्ठानों के प्रति उनके विरोध का पता चलता है। लेकिन गहराई में वे एक सच्चे धार्मिक व्यक्ति थे। वे तर्क के ईश्वर में ही विश्वास करते थे।

मुझे वह मीटिंग याद है जिसका आयोजन राष्ट्रपति भवन में श्री अरविन्द के चित्र के समर्पण के लिए किया गया था। वहां पर वे लगभग दस मिनट तक शान्त भाव से, आंखें बन्द किए हुए जीवन के गहनतम मूल्यों पर

विचार करते हुए बैठे रहे। किसी अवसर पर निरपेक्ष ब्रह्म के स्वरूप के सम्बन्ध में उपनिषद् के किसी वाक्य के बारे में मैंने कहा था कि उसकी प्राप्ति वैज्ञानिक चिंतन और आध्यात्मिक अन्तर्दृष्टि से ही हो सकती हैं। "अत्यन्त मेधावी व्यक्तियों में सन्देह, मतभेद और विरोध भी करते है। एक विचारशील व्यक्ति को एक आध्यात्मिक व्यक्ति के रूप में विकसित होना है। हर उस व्यक्ति को जो अपने मनुष्यपन की नियति की पूर्णता चाहता है, इस मन्जिल पर पहुंचना होगा।" उपनिपद् का यह विचार-दर्शन विज्ञान और दर्शन का सार-तत्त्व है। नेहरूजी ने भी इससे कोई भिन्न बात नहीं कही। हमें अपनी चेतना का इस कदर विकास और विस्तार करना है कि वह सभी मनुष्यों को अपने में समेट सके। सत्य और प्रेम, अभय और अहिंसा के सिद्धान्तों में उनका गहरा विश्वास था।

सच्चे आराधक लोग वे हैं जिनकी प्यास कभी नहीं मिटती। यहां तक कि जीवन का चिराग बुझने तक भी उनकी खोज जारी रहती है। पूर्णता एक सुदूर लक्ष्य है।

मैंने अनेक अवसरों पर उन्हें द्रवित होते देखा। एक अवसर वह था जब उन्हें भारतरत्न से सम्मानित किया गया था। उन्होंने एक या दो वाक्य बोले और फिर बैठ गए। इसी प्रकार, जब उन्होंने चीनियों के सेला से आगे का और बोमदिला में उनके प्रवेश का उल्लेख किया था तो वे बहुत अधिक द्रवित हो उठे थे। ऐसा प्रेम था उन्हें अपने देश के लिए, वे जनता के सुख दुख के भागी थे। उनका व्यक्तित्व शक्तिशाली और चुनौती-भरा था। उनके अनेक रूप थे लेकिन उनकी सबसे बड़ी विशेषता थी उनका गहरा मानव-प्रेम।

बच्चों के वे बहुत ही प्यारे मित्र थे और बाल-कल्याण के कार्यों में वे गहरी रुचि लेते थे। हमारे महान नेता—गांधीजी और नेहरूजी—दोनों ही, बच्चों को प्यार करते थे, उनसे बातें करते थे, उनसे खेलते थे और उन्हें यह महसूस कराते थे कि भावी भारत के लिए वे कितने महत्त्वपूर्ण है। वे बच्चों से दोस्तों का सा बर्ताव करते थे। ये दोनों नेता अन्य व्यक्तियों के साथ बच्चों के खुशहाल जीवन की कामना करते थे। दोनों ही उन्हें नाचने और गाने के लिए प्रोत्साहित करते थे और अपने अतीत के

गौरव की कहानियां सुनाया करते थे और यह कामना करते थे कि बच्चे अपने भावी जीवन में इन बातों को अपनाएं। बड़ी उम्र के लोगों को भी वे बच्चों का ही दृष्टिकोण अर्थात् उनका निर्मल भोलापन, उनकी निश्छलता जीवन के प्रति उनका सम्मान उनकी सहिष्णुता और दूसरों के साथ उनका सामंजस्य अपनाने की सलाह दिया करते थे। यही विशेषताएं जीवन के प्रति हमारे दृष्टिकोण को सुसंस्कृत बनाती हैं। हम बड़े लोग बच्चों के लिए जो कुछ भी करें इस बात का ध्यान रखते हुए करें कि हम उनके सहज विकास में वाधक न बनें, उनके भोलेपन को उनसे न छीनें और सारे संसार को विश्व-बन्धुत्व की भावना से देखने में हम उनकी सहायता करें।

कहा भी गया है कि वसुधा हमारा कुटुम्ब है, परिवार है। विज्ञान और टेकनालॉजी ने भौतिक दूरियां कम कर दी हैं और विश्व के अलग-अलग हिस्सों को एक-दूसरे के समीप ला दिया है और आज इस बात की आवश्यकता है कि यह समीपता एक ऐसे विश्वसमुदाय के रूप में विकसित हो जिससे समान आदर्शों और समान उद्देश्यों के विकास में सहायता मिले। इन आदर्शों और उद्देश्यों की क्रियान्विति विभिन्न व्यक्तियों द्वारा विभिन्न तरीकों से उनकी प्रतिभा और परम्परा के अनुसार की जाएगी। हमें विविधताओं को मिटाने की कोशिश नहीं करनी चाहिए। इस देश में, विभिन्न जातियों और धर्मों ने, विभिन्न मतों और वंशों ने हमारी संस्कृति के प्रतिमान के निर्माण में अपना योगदान किया है। बच्चों को विविध देशों का इतिहास पढ़ाया जाना चाहिए जिससे वे उनकी विशेषताओं को जान सके। छोटी अवस्था में ही उन्हें आधुनिक विज्ञान और टेकनॉलॉजी के तत्त्वों की शिक्षा दे दी जानी चाहिए। उनके सामने विश्व साहित्य की झलकियां पेश की जानी चाहिए जिससे उनके मस्तिष्क मेधावी और भावनाएं सुसंस्कृत हो सकें।

नेहरूजी भारत के छोटे बच्चों के लिए एक आदर्श हैं। उनका यह विश्वास था कि सत्य तब तक जिन्दा रहेगा जब तक हममें सत्य की शक्ति मौजूद है। वे हमारे देश के अन्धप्रशंसक नहीं थे। वे यह जानते थे कि इस देश में बहुत-से ऐसे जड़ विश्वास हैं जिन्हें इसे उतार फेंकना चाहिए।

उन्होंने हमारे विचारों में क्रान्ति ला दी। उन्होंने उन सब परम्पराओं और रूढ़ियों की निन्दा की जो तर्कसंगत नहीं थीं। भावी भारत का एक विशाल चित्र उनके सामने था, जिसका उदय हमारे इतिहास की गहराइयों से हुआ था। वे चाहते थे कि उनके देशवासी विवेकी, सहानुभूतिपूर्ण, क्षमाशील और उदार बनें। कट्टरता को उन्होंने कभी नहीं सराहा। सभी मतभेद पारस्परिक मैत्री और सद्भाव के वातावरण में सुलझाये जाने चाहिए। हमें संसार में विविधता की रक्षा करनी है और द्वेष को मिटाना है।

गांधीजी के बाद, हमारे इतिहास में वे दूसरे बेजोड़ महापुरुष थे। उनका व्यक्तित्व गतिशीलता, बौद्धिक प्रतिभा और गम्भीर दृष्टि से समन्वित था, साथ ही वे इनका प्रयोग स्निग्धता और कोमलता के साथ करते थे। उन्होंने अपने बेहद खर्चीले और विभिन्न उपहारों को मानव-स्वतन्त्रता के लिए समर्पित कर दिया था। वे अपने युग की राष्ट्रीय और अंतर्राष्ट्रीय दोनों ही प्रकार की महान घटनाओं से जुड़े हुए थे। इनमें उन्होंने जनता से पूरा सम्पर्क बनाये रखते हुए भाग लिया। यद्यपि आज वे हमारे बीच में नहीं हैं, उनकी विशेषताएं और आदर्श हमारे साथ हैं।

नेहरूजी में इतिहास की अन्र्तदृष्टि थी। उन्होंने सिर्फ अतीत को ही नहीं, बल्कि भविष्य को भी देखा था। इससे उनमें एक ऐसी अन्र्तदृष्टि पैदा हो गई थी, जिसके बिना सच्ची महानता सम्भव नहीं होती। धारासभा में बोलते हुए उन्होंने कहा था : "भले ही हम स्त्री-पुरुष नियति निर्देशक हों या न हों, भारत नियति-निर्देशक है।" यह नियति क्या है? सभ्यताएं तभी जिन्दा रहती हैं जब उनके मूल्यों का पुनर्निर्माण मनुष्य के मस्तिष्क में होता है। मानव-आत्मा की स्वतन्त्रता और मनुष्यों में एकता ही भारतीय संस्कृति के प्रधान मूल्य हैं।

नेहरूजी निश्चित रूप से एक स्वाधीन व्यक्ति थे। यह स्वाधीनता मस्तिष्क और हृदय का विषय है। यदि मस्तिष्क संकुचित है और हृदय में कड़ुआहट है तो स्वाधीनता का कोई अर्थ नहीं है, भले ही हमारे पास अन्य सभी चीज़ें क्यों न हों। हम सबसे पहले और मुख्य रूप से इन्सान हैं न कि भारतीय या चीनी, अमेरिकी या रूसी; ईसाई या यहूदी। कोई भी व्यक्ति अपने जीवन में किसी भी क्षण निश्चित रूप मे नहीं कह सकता, "मैं पूर्ण

व्यक्ति हूं, मैंने पूर्णता प्राप्त कर ली है।" हम कभी भी पूर्ण नहीं हैं। हमेशा ही कुछ न कुछ भविष्य के गर्भ में छिपा रहता है जिसे हमें अभी सीखना होता है और यही अदृश्य ज्ञान अपरिमेय है।

हमारे यहां ऐसे विचारकों की कमी नहीं रही है जिन्होंने सभी प्रकार के राष्ट्रीय कलहों और धार्मिक मतभेदों से ऊपर मानवता को स्थान दिया है। हमारे ही युग में अन्य लोगों के साथ-साथ टैगोर, गांधी और नेहरू हुए।

ईश्वर के कार्य करने के तरीके मनुष्य की पकड़ से बाहर हैं, वरना वह अपनी क्षमता की सीमा के भीतर ही ईश्वर का निर्माण कर लेगा। धर्म आत्मा की खोज है या सम्भवतः उसकी प्राप्ति है। यह आत्मा का स्वगत संवाद है। इसका रहस्य है इसकी अन्तर्मयता, आत्मनिरीक्षण, आत्मशोधन हृदय परिवर्तन, त्याग, प्रेम के द्वारा नये सामाजिक ढांचे के निर्माण का निरन्तर प्रयास। युगों से हम सुरक्षित, आरामदेह, अनुकूल और संघर्षरहित जीवन जीते आ रहे हैं। हम उन शाश्वत उद्देश्यों को भूल गए थे जो मनुष्य में आत्मगौरव, गरिमा, सम्मान और बलिदान की भावना का आधान करते हैं। हरेक पीढ़ी को अपनी विरासत खून, पसीने और आंसुओं से अर्जित करनी पड़ती हैं। हमें अपने लोगों के नैतिक चरित्र को बदलना है। नेहरू जी ने इसे इस रूप में देखा था : "सौभाग्य से भारतीय विचार और दर्शन अन्धविश्वासों और रूढ़ियों से आसानी से अलग किए जा सकते हैं। ये आपस में इस कदर उलझे हुए नहीं हैं कि इन्हें अलग ही न किया जा सके, यद्यपि बहुत-से लोगों के लिए ऐसा हो भी सकता है। यहां कोई ऐसी बात नहीं है कि यदि आप किसी विश्वास के प्रति सच्चे रहना चाहते हैं तो आपके लिए बुनियादी मत का मानना आवश्यक ही हो। भारत में ऐसी कोई बात नहीं है। आप किसी भी रूढ़ि को छोड़ सकते हैं और फिर भी अपने धर्म के प्रति सच्चे बने रह सकते है।"[1]

धर्म सामाजिक संघर्ष से पलायन नहीं है आध्यात्मिक प्रतिभा और

1. जवाहरलाल नेहरु, 'व्यक्तिगत इंटरव्यू' नई दिल्ली, फरवरी 25, 1960

सामाजिक मामलों में परस्पर समन्यवय स्थापित किया जाना चाहिए। इनमें से एक दूसरे से असम्बद्ध नहीं रह सकता। नेहरूजी पूरे जोश से सभी पूर्वाग्रहों के खिलाफ लड़ते रहे और किसी भी कट्टर दर्शन और मत में विश्वास नहीं रखते थे। वे ऐसे धर्म प्रचार में विश्वास रखते थे जो सारी धरती और धर्मों में फैला हुआ हो, जो धर्म की व्याख्या पृथ्वी पर ईश्वर के राज्य की 'आध्यात्मिक' अनुभूति के रूप में करता हो। उन्होंने ऐसे उदार आध्यात्मिक धर्म का भारतवासियों में प्रसार करने का प्रयत्न किया। साम्प्रदायिक दंगों से, जिन्होने हमारे जीवन को विकृत कर दिया था, उन्हें बेहद कष्ट होता था। उन्होंने साम्प्रदायिक दंगों के मूल कारण धार्मिक कट्टरता को जड़ से मिटा डालने की भरसक कोशिश की। हमें अपनी इस कट्टर भावना से ऊपर उठना ही होगा।

मानव-जीवन के भीतर कार्यरत रचनात्मकता हमें बाध्य करती है कि हम व्यक्ति के महत्त्व में विश्वास बनाए रखने के लिए लोकतन्त्र का अनुसरण करें। लोकतन्त्र सहज शासन-पद्धति या विधिसंहिता नहीं है। यह जीवन की क्रमबद्ध योजना है, मूल्यों और मानकों का पुन्ज है। हमें सिर्फ बुद्धि के स्तर पर ही नहीं बल्कि हृदय के स्तर पर भी लोकतन्त्र की रक्षा करनी है। हृदय से संकीर्ण व्यक्ति कभी सच्चा लोकतान्त्रिक नहीं हो सकता।

संसदीय संस्थाओं के प्रति जवाहरलालजी के मन में अगाध श्रद्धा का भाव था और वे अपने पहले कर्तव्य-पालन के रूप में संसद जाया करते थे। यद्यपि कभी-कभी वे कुछ सदस्यों के जोशीले व्यवहार और भद्दे ढंग से किए गए व्यक्तिगत प्रहारों से तिलतिला उठते थे, लेकिन संसदीय संस्थानों के के प्रति उनका विश्वास कभी खत्म नहीं हुआ। कुछ ऐसे लोकप्रिय नेताओं के कार्यों से, जो लोकतन्त्र के स्थान पर भीड़ का शासन स्थापित करने के लिए सचेष्ट रहते थे, उन्हें बेहद कष्ट होता था। प्लेटो ने अनेक शताब्दियों पूर्व कहा था : 'शासनतन्त्र में भाग लेने से इन्कार करने पर अच्छे व्यक्तियो को दण्ड भुगतना होता है कि वे बुरे व्यक्तियों के शासन के अधीन रहें।" नेहरूजी चाहते थे कि हम दूरदर्शी और कल्पनाशील बनें और सभी लोगों के लिए अवसर की समानता पर आधारित नये भारत का स्वप्न देखें

और उसे साकार करें। हमारा यह कर्तव्य है कि हम संसदीय संस्थाओं के साथ शालीनता का बर्ताव करें और ऐसा कोई कार्य न करें जिससे उनकी निर्विघ्न कार्यवाही में कोई बाधा पड़े। इसका यह अर्थ नहीं है कि हमारी सभी सम्मतियां प्रतिबन्धित हों। हमें सहमत होने का पूरा अधिकार है, लेकिन असहमति वास्तविक होनी चाहिए।

नेहरूजी की प्रतिभा सर्वतोमुखी, पैनी और शालीन थी और उनका हृदय कोमल था। वे जीवन से जितना प्रेम करते थे उतना ही उनकी भावनाओं में गहनता थी। उनमें दूसरों के लिए हमदर्दी की कभी कमी नहीं हुई। मानवीय सम्बन्धों के विषय में अनेक व्यक्तियों में पाये जाने वाले वाक्छल, शंकालुता, ढोंग और आत्मप्रवंचना से वे बिलकुल मुक्त थे। लोगों के दुर्व्यवहार की शिकायतें जब उनके पास आती; तो वे सहिष्णुता का रवैया अपनाते और मन की चंचलता, हृदय की अतिभावुकता और मनुष्य स्वभाव की कलह-प्रवृत्ति को ध्यान में रखकर ही निर्णय लेते थे। वे उन्मादी व्यक्तियों की, जो सामाजिक व्यवस्था के दर्जों और तनावों का सामना करने में अपने को असमर्थ पाते हैं, कुंठाओं और दुःख को समझते थे। वे मनुष्यों का निर्णय उनकी मानवता को उतार फेंककर नहीं करते थे। यह रवैया उनके सीधेपन या विचित्र भोलेपन का परिणाम न होकर मानव-प्रकृति के प्रति उनकी गहरी विनयशीलता और वास्तविक ज्ञान का परिणाम था। पुश्तों से विरासत में प्राप्त सामाजिक स्तर को बनाए रखने के नाम पर, हम कभी-कभी अपने आपको बहुत सी व्यक्तिगत त्रासदियों का जिम्मेदार ठहराने लगते हैं। कोई भी सामाजिक संस्था इतनी पवित्र नहीं है कि उसमें परिवर्तन की आवश्यकता न रहे। हम विश्वक्रान्ति के एक ऐसे दौर में से गुजर रहे हैं जो हमारे जीवन के प्रत्येक पहलू को प्रभावित करती है। औद्योगिक विकास, शैक्षणिक प्रगति, लोगों का सामाजिक और भौतिक परिवर्तन, जीवन का ऊंचा स्तर और सभी व्यक्तियों के लिए अवसर—इन सबके लिए क्रान्तिकारी परिवर्तन की आवश्यकता है।

नेहरूजी सच्चे अर्थों में शान्ति-पुरुष थे। युद्ध से घृणा आदर्श की लकीर पीटने के लिए नहीं करते थे, बल्कि मनुष्यों पर पड़ने वाले दुष्प्रभाव के कारण ऐसा करते थे। वे भय और घृणा की उस भावना से नफरत करते थे जो

युद्ध को, तकलीफों को जन्म देती है और जिसके परिणामस्वरूप मूल्य नष्ट होते हैं। सुरक्षा के हथियार आज सार्वभौम विनाश के हथियार बन गए हैं। नेहरूजी आणविक हथियारों के तथ्य और तात्पर्य से भली भांति परिचित थे। उन्होंने उन आणविक हथियारों का खात्मा कर डालने की कोशिश की जो लाखों लोगों को मौत के घाट सुला देते हैं और उससे भी अधिक लोगों को अपंग बना डालते हैं। आणविक युद्ध मानवता की विजय है। शान्ति की कामना नेहरूजी में बहुत प्रबल थी और वे मानवता के विकास के लिए इसे आवश्यक मानते थे।

यह संसार आज पागलखाना बन गया है जहां लोग अपनी जातीय कोष्ठता को, धार्मिक अहंकार को या राष्ट्रीय उन्माद को बढ़ा-चढ़ाकर पेश करते हैं और इस प्रकार वह नैतिक और आध्यात्मिक दृष्टि अन्धेपन के शिकार हो जाते हैं। यदि हिंसा, जो तर्क की प्रभुता से कायरतापूर्ण पलायन है, का शासन हो तो भद्रता और करुणा का विकास करके ही उसका मुकाबला किया जाना चाहिए। हमें संसार को एक संसार के रूप में, एक समुदाय के रूप में, भूख और सेक्स की समान भावना रखने वाले मनुष्यों के भाईचारे के रूप में , सबके प्रति समान रूप से उदारता और भाईचारे की भावना के रूप में और अदृष्ट के प्रति समान विश्वास के रूप में देखना है। हम अन्धेरे रास्तों और विफलताओं के बावजूद विश्व-समुदाय के इस लक्ष्य की ओर आगे बढ़ रहे हैं।

राजनीति में इन्सान की मूर्खता का कोई अन्त नहीं है। जब टी० एस० इलियट से यह पूछा गया कि हमारी सभ्यता का भविश्य क्या है तो उन्होंने उत्तर दिया, "परस्पर विनाशकारी युद्ध ... सड़कों पर एक दूसरे को मारते हुए लोग।"[1] उन्हें सभ्यता एक गिरता हुआ ऐसा महल प्रतीत होता है, जिसका टुकड़ों में बिखरना और युद्ध की ज्वालाओं में जलकर भस्म हो जाना अवश्यंभावी हो। जीवन से निराशा का यह दृष्टिकोण अधूरा है। मनुष्य के जीवन में आने वाली त्रासदी उसे अवसर प्रदान करती है, उसे अपने इस दायित्व का अहसास कराती है कि वह जीवन को कोई और महत्त्व प्रदान

---

1. एन्काउंटर, अप्रैल 1965, पृ० 8

करे, मानव गरिमा का विकास करे और भविष्य के लिए कार्य में जुट जाए और नए युग या नई पीढ़ी में विश्वास रखे। यही वह उद्देश्य है जिसका हमें पालन करना है और यदि मानवता की सार्थकता को जिन्दा रखना है तो हमें इसे प्राप्त करना ही होगा।

कुछ लोगों के पास नैतिक शक्ति होती है, जैसे-जैसे मानव-जाति आगे बढ़ती है वह उन्हें शक्ति और सुरक्षा प्रदान करती है। यदि हम इस नैतिक शक्ति को जिसके लिए हमारे देश ने लम्बे समय तक संघर्ष किया था, विशेष रूप से गांधी जी के युग में, महंगे और खतरनाक सैनिक साधनों की खातिर क्षीण होने देंगे, या शायद पूरी तरह से मिट जाने देंगे तो हम जान जोखिम में डालने वाला खतरा मोल लेंगे। आणविक शक्ति के विकास ने हमारे सोचने और कार्य करने के तरीकों को छोड़कर सब कुछ बदल दिया है। हमें अपने मस्तिष्कों और सामाजिक स्थितियों को बदल डालने के लिए बहुत बड़ा प्रयास करना होगा।

जवाहरलालजी ने हमें साहसी और निर्भय बनने की शिक्षा दी :

"मुझे भविष्य का डर नहीं है। मेरे मन में कोई भय नहीं है, और यद्यपि भारत सैनिक दृष्टि से बहुत शक्तिशाली नहीं है, मैं भयभीत नहीं हूं। मुझे बड़ी ताकतों की शक्ति से, उनकी सेनाओं से, उनके युद्धपोतों से और उनके अणुबमों से कोई डर नहीं है। यह पाठ मेरे गुरु ने मुझे सिखाया है। हमने बिना हाथों में हथियार लिए एक बड़े देश और एक शक्तिशाली साम्राज्य का मुकाबला किया है। इस तमाम अवधि में हमारे इस निर्णय से कि हम बुराई में सामने नहीं झुकेंगे, हमें सहायता और शक्ति मिली। मेरा विचार है कि हम भय को नष्ट कर डालें और यदि हममें आत्मविश्वास हो, यहां तक कि हम युद्ध की धमकियां देने, हिंसक कार्यों पर उतारू होने और अन्त में युद्ध में कूद पड़ने के बजाय विश्वास करने का जोखिम मोल लें, तो भी मेरे विचार में ऐसा जोखिम उठाना ज्यादा बेहतर हैं।"[1]

इस प्रकार का भाव रखने वाला व्यक्ति ही प्रेम करने योग्य और उदास

1. 3 नवम्बर, 1948 को पेरिस में आयोचित संयुक्त राष्ट्र संघ की साधारण में दिया गया भाषण।

चरित होता है और वह एक ऐसे युग की कल्पना करता है जिसमें सारे संसार के लोग एक-दूसरे के प्रति करुणा का भाव रखते हों। उनके प्रति सच्ची श्रद्धांजली प्रकट करने का सबसे अच्छा तरीका यह है कि अपने देश में और विदेशों में शान्ति, न्याय और स्वतन्त्रता के लिए उनके द्वारा शुरू किए गए अधूरे कार्यों को पूरा किया जाए।

जवाहरलालजी हमारे अस्तित्व का हिस्सा बन गए हैं। एक महान स्वातंत्र्य-योद्धा के रूप में उन्होंने एक लम्बा समय तकलीफें झेलते हुए जेलों में बिताया।

मित्रों के प्रति नेहरू जी की निष्ठा से हम भली भांति परिचित हैं, यद्यपि वे उनकी मूर्खताओं को नजर अन्दाज कर देते थे लेकिन उनके गुणों को कभी नहीं भूलते थे। वे नाराज और चिड़चिड़े तो हो सकते थे, लेकिन लम्बे समय के लिए नहीं। वे अपनी विफलताओं को कभी नहीं छिपा पाते थे। क्योंकि वे उनके चेहरे के दर्पण पर दिखाई पड़ती थीं। हम नेहरूजी को महान आदर्शों, सोद्देश्य जीवन, महान उद्देश्य के प्रति समर्पण भाव और विशुद्ध निःस्वार्थता की जीवन्त प्रतिमूर्ति के रूप में पाते हैं। हर तरफ की बुराई को उन्होंने नफरत की निगाह से देखा। विभाजन के महत्त्वपूर्ण दिनों में भी, जब पाशविक भावनाएं सिर उठाने लगी थीं, वे उनके खिलाफ लड़े। विरले ही लोग ऐसा कर पाते हैं। जब तक भारत जिन्दा है, उनके जीवन और कार्यों को स्मरण किया जाता रहेगा।

मैं उन्हें एक लम्बे समय से, अनेक वर्षों से जानता हूं और उनके निकट सम्पर्क में आया हूं और मैं यह प्रमाणित कर सकता हूं कि वे एक शक्तिशाली व्यक्ति थे और हर तरह के साम्प्रदायिक, जातीय और यहां तक कि राष्ट्रीय पूर्वाग्रहों से भी मुक्त थे। वे इस देश को अपने एक आदर्श के रूप में मानते थे। इसके अतीत पर उन्हें अभिमान था और इसके भविष्य के प्रति वे आशान्वित थे। यही उनकी देशभक्ति का आधार था। उन्होंने देश के अतीत में रुचि ली और सुखद भविष्य की कामना की तथा इस देश को ऐसा बनाने के लिए कि हम इस पर गर्व कर सकें, कठोर परिश्रम किया। उन्होंने हमें राष्ट्रीय एकता, सामाजिक सुधार, मानवता के लिए कार्य, अकादमियों के बारे में नये विचार प्रदान किए।

एक मशहूर वाक्य है जिसका नेहरूजी यह कहते हुए अक्सर समर्थन करते थे, "मुझमें पूर्व और पश्चिम का विचित्र मिश्रण है। मैं हर जगह अपने को ऐसा अजनबी अनुभव करता हूं जो किसी एक ही घर में बंधकर न रहा।" लेकिन अगले ही वाक्य में कहा गया है : "भारत मां ने मुझे उसी तरह बांधा हुआ है जिस तरह मां अपने बच्चे को आलिंगन में बांधती है असंख्य रूपों में मैं पहले और सबसे ऊपर एक भारतीय हूं।" इससे पता लगता है कि भारत उनके लिए एक अन्यतम देश है।

उनके जीवन के अन्तिम दिनों में हम सप्ताह में दो या तीन बार मिला करते थे। हम राजनीति के बजाय दर्शन और धर्म के बुनियादी सिद्धान्तों पर विचार-विमर्श किया करते थे। यह सच है कि विषषणता के प्रभाव से वे बहुत विनीत हो गए थे। जो हम नहीं कर सके उसे न देखकर जो किया है उस पर निगाह डालो। हमें अभी बहुत कुछ हासिल करना है, बहुत से अधूरे काम इस देश में पूरे करने हैं और समय बहुत कम है। लेकिन फिर भी वे प्रफुल्लित रहते थे। वे हमेशा यह महसूस करते थे कि कठिनाइयों से दूर भागने का कोई लाभ नहीं है। हमें उनका सामना करना है। इसी तरीके से हम अपने देश की मदद कर सकते हैं, उसे ऊंचा उठा सकते हैं। साहसिक नेतृत्व और अनुशासित व्यवहार वाले उस व्यक्ति द्वारा दर्शाये गए बुनियादी तत्त्वों पर ही हम आज चल रहे हैं।

जिन बुनियादी सिद्धान्तों को उन्होंने हमारे देश की प्रगति के लिए निर्धारित किया, हम एक लम्बे समय तक उन्हीं पर चलते रहेंगे। उन्होंने लोकतन्त्र, समाजवाद, धर्म निरपेक्षता और गूट-निरपेक्षता की सच्ची व्याख्या दी। अपने देश में, हमने लोकतन्त्र के सिद्धान्त की घोषणा की—यह वह महान सिद्धान्त है जिसके अनुसार प्रत्येक व्यक्ति में दिव्य पुरुष होने की क्षमता है। महाभारत में बताया गया है कि सिर्फ एक ही रहस्य तुम्हें जानना है और वह यह है कि इस संसार में मनुष्य से श्रेष्ठ कुछ भी नहीं है। हमने इस पर चर्चाएं की इसका प्रचार किया, लेकिन इसका पालन नहीं किया हमारे संसदीय लोकतन्त्र को कार्यशील बनाने में नेहरू जी ने अपना योगदान दिया। जब हम लोगों में किसी तरह की निराशा देखते हैं तो हमारे लिए यह जानना आवश्यक हो जाता है कि संसदीय लोकतन्त्र में बहुसंख्यक लोगों

की ही अपनी जिम्मेदारियां होती हैं। दोनों के ही अपने कुछ अधिकार होते हैं और अपने कुछ दायित्व।

जब हम यह कहते हैं कि हम लोकतन्त्र का पालन करते हैं तो इसका अर्थ यह होता है कि हम कानून के शासन के अधीन जीवन-यापन करते हैं। कोई व्यक्ति कानून नहीं बना सकता, कोई दल कानून नहीं बना सकता, यह कार्य सारे राष्ट्र का, राष्ट्र की संसद् का होता है जिसे इसके लिए निर्देश देना है; और कानून के इस शासन के अधीन हमें इतनी अधिक प्रगति करनी है जितनी कि हम कर सकते हैं और अपने नेतृत्व में परिवर्तन ला सकते हैं, स्वयं इस संसद के आदेशनुसार सत्ता का हस्तांतरण एक दल से लेकर दूसरे दल को कर दिया जाता है। दूसरे शब्दों में, हमारे पास ऐसा भी साधन है जिससे सत्ता का हस्तांतरण किया जा सकता है, नेतृत्व का उत्तराधिकार किसी अन्य को सौंपा जा सकता है, और सामान्य व्यक्तियों की हितकारी वस्तुओं के प्रवर्धन के लिए सभी आवश्यक चीज़ें प्राप्त की जा सकती हैं। लोकतन्त्र का यही सच्चा अर्थ है।

धर्मनिरपेक्षता का सिद्धान्त उन्होंने ही हमें दिया था। यह एक गलत शब्द है—जिसकी गलत ढंग से व्याख्या की गयी है और अनेक लोगों द्वारा जिसे गलत समझा गया। इसका अर्थ धर्म के प्रति उदासीनता नहीं है। इसका अर्थ धर्म का विरोध नहीं है। इसका अर्थ धर्म का अनादर नहीं है। इसका सिर्फ इतना अर्थ है कि राज्य किसी धर्म-विशेष का होकर न रहे बल्कि प्रत्येक धर्म को सहन करे, उसकी प्रशंसा करे और हिन्दू, बौद्ध, मुस्लिम, ईसाई आदि सभी धर्मों का समादर करे। उन सबको अपने ढंग से, अपने धर्म का पालन करने का अधिकार है और लोकतन्त्र में हम यह नहीं कह सकते कि एक धर्म दूसरे धर्म की अपेक्षा अधिक श्रेष्ठ है। व्यक्ति जैसा भी ठीक समझें, अपनी राय प्रकट कर सकते हैं लेकिन जहां तक राज्य का सम्बन्ध है, वह किसी धर्म-विशेष का नहीं हो सकता—वह सभी धर्मों का समादर करता है। जब वह सभी धर्मों का समादर करता है तो वह भारतीय प्रतिभा के, स्वयं भारतीय आत्मा के बुनियादी सिद्धान्त का पालनमात्र करता है। हमारे यहां बहुत पहले ऋग्वेद में कहा गया था : 'एकं सद्विप्रा बहुधा वदन्ति।' उपनिषदों में कहा गया है कि हमारा इस ईश्वर से या उस

ईश्वर से कोई वास्ता नहीं है; ये सभी एक ईश्वर के लाक्षणिक या प्रतीकात्मक रूप हैं। आवश्यक यह है कि मनुष्य की श्रेष्ठता का निर्णय उसकी अपनी आत्मा से हो, जिससे वह अपने-आपको अपने से ऊपर उठाने में समर्थ होता है, हर तरह के धर्म का यही अभिप्राय है। इसलिए धर्म-निरपेक्षता से हमारा अभिप्राय है सभी धर्मों का समादर करना।

हम समाजवाद की बातें करते हैं। समाजवाद क्या है? यह एक ऐसा शब्द है जिसका अपना महत्त्व है। अनेक लोग इससे अनेक अर्थ ग्रहण करते हैं, लेकिन समाजवाद का वास्तविक अर्थ है अपने समाज के कमज़ोर और पददलित लोगों की देखभाल करना, उन्हें समान अवसर देने की कोशिश करना और उन्हें वह सब कुछ प्रदान करना जिससे वे अन्य लोगों के स्तर के बराबर उठ सकें। यदि कुछ लोग खुशहाली में जीवन बिताते हैं, यदि कुछ लोगों के हाथों में शक्ति, आर्थिक शक्ति केन्द्रित रहती है, और यदि लाखों लोग भूखे, बीमार और अनपढ़ रहते हुए जीवन के संघर्ष में जुटे हुए हैं तो यह समाजवाद नहीं है, समाजवाद का अर्थ है—सर्वहारा के प्रति सहानुभूति; तुम्हें साधारण लोगों की देखभाल करने के योग्य होना ही होगा, उन्हें ऐसे अवसर प्रदान करने होंगे जिनकी सहायता से वे अपने को ऊपर उठा सकें। यह मन की वह अवस्था है जो समाजवाद की आत्मा का निर्माण करती है। आप इसे एक या दूसरे तरीके से हासिल कर सकते हैं; 'हजारों अलग-अलग तरीकों से समाजवाद हासिल किया जा सकता है, ऐसा कहा गया है।"

हम समान अवसर तो जुटा सकते हैं लेकिन समान उपलब्धियां प्राप्त नहीं करा सकते। हम प्रत्येक व्यक्ति को समान अवसर तो दे सकते हैं लेकिन इसका अर्थ यह नहीं है कि प्रत्येक व्यक्ति समान दर्जा या समान उपलब्धि भी प्राप्त कर सकेगा। अवसर जुटाना राज्य का कार्य है; प्रत्येक व्यक्ति के स्तर को ऊपर उठाना किसी भी तरह के समाजवादी राज्य का लक्ष्य है। समाजवाद के इस निर्धारित लक्ष्य को प्राप्त करने के लिए हमें एक लम्बे समय तक साधना करनी होगी। अभी हमारे यहां शक्ति और धन भारी मात्रा में कुछेक हाथों में केन्द्रित है और दुःख और विपन्नता का शिकंजा अधिकांश लोगों को कसे हुए है। जब तक ये तमाम चीज़ें यथावत्

बनी रहती हैं, हमारे लिए यह कहना सम्भव नहीं है कि हम समाजवादी हैं।

जहां तक अन्तर्राष्ट्रीय नीति का सम्बन्ध है, नेहरू जी ने इसके लिए भी कुछ आदर्श हमारे सामने निर्धारित कर दिये थे। उन्होंने कहा था : "अपने को किसी विशेष सैनिक संगठन के साथ मत जोड़ो। प्रत्येक विषय पर निर्णय उसके गुण-दोष के आधार पर करो। ऐसा मत कहो कि चूंकि मेरा सम्बन्ध उस समूह से है, इसलिए मैं ऐसा कहता हूं; या मेरा सम्बन्ध इस समूह से है, इसलिए मैं ऐसा कहता हूं। इन नारों और पार्टी के घिसे-पिटे वाक्यों तक अपने को सीमित मत रखो। प्रत्येक विषय को उसके सही रूप में परखने की कोशिश करो।"

यदि हमारी सरकार वियतनाम से सम्बन्धित कोई प्रस्ताव पारित करती है तो इसका कारण यह है कि हम किसी भी रूप में युद्ध के ऐसे विस्तार को नहीं देखना चाहते जो सारे संसार को युद्ध की लपटों में झोंक दे और जिससे सारा संसार जल उठे और जिसमें बड़ी ताकतें आपस में उलझ जाएं। हम ऐसा कांड होते हुए नहीं देखना चाहते, इसीलिए हमने कहा था : युद्ध को फैलने मत दो, सभी स्तरों पर युद्ध के विस्तार को रोको, केवल ऐसे वातावरण में ही किसी प्रश्न पर उचित निर्णय लिया जा सकता है। यह भी तभी सम्भव होगा जब विदेशियों को या विदेशी सैनिकों को बाहर जाने के लिए कहा जाएगा, जिससे वहां के लोगों को अपने ही समाज का निर्माण करने का अवसर मिले और इससे ही तुम किसी शान्तिपूर्ण समझौते पर पहुंच सकोगे। इन सबके लिए, युद्ध को रोकना पहला अनिवार्य कदम होगा।

यहां तक कि स्वतन्त्रता-संघर्ष के दिनों में उन्होंने हमें अन्तर्राष्ट्रीय दृष्टिकोण प्रदान किया था। उन्होंने हमारा परिचय विश्व की यथार्थ स्थिति से करवाया था। सितम्बर, 1946 को दिए गए अपने एक भाषण में उन्होंने भारत की विदेश-नीति की प्रमुख विशेषताओं पर प्रकाश डाला था:

"विदेशी मामलों के परिप्रेक्ष्य में भारत एक स्वतन्त्र नीति का अनुसरण करेगा जिसके अनुसार वह महाशक्तियों की गुटबाजियों से तटस्थ रहेगा। भारत सभी पराधीन लोगों की स्वतन्त्रता के सिद्धान्त में विश्वास

करेगा और जहां कहीं भी रंगभेद की घटनाएं होंगी, उनका विरोध करेगा। वह अन्य शान्तिप्रिय देशों के साथ मिलकर एक-दूसरे का शोषण किए बिना अन्तर्राष्ट्रीय सहयोग और सद्भावना के लिए कार्य करेगा। संयुक्त राष्ट्र संघ के प्रति भारत का रवैया यह रहेगा कि वह इसके नियामक सिद्धान्तों में वास्तविक रूप में सच्चे हृदय से सहयोग प्रदान करेगा और बिना किसी पूर्वाग्रह के उनका पालन करेगा। इसके लिए, भारत इसकी विभिन्न भूमिकाओं में पूरी तरह से भाग लेगा और वह इन संस्थाओं में वैसा ही योगदान देता रहेगा जो उसकी भौगोलिक परि-स्थितियों, आबादी तथा उसके शान्तिपूर्ण लक्ष्यों के अनुकूल हो।"

गुट-निरपेक्षता का सिद्धान्त हमारे देश की परम्पराओं से ही पल्लवित हुआ है। जब विभिन्न धर्म, जातियां और परम्पराएं इस देश की धरती पर एक-दूसरे से मिलीं तो भारत ने इनमें से एक चीज़ अपनाने की अपेक्षा सबमें से कुछ-न-कुछ लेना अधिक बेहतर समझा।

यूनेस्को उन कलाकारों, विचारकों और वैज्ञानिकों को एक मंच पर लाने का कार्य करता है जिनके कार्य मिलकर कई गुना हो जाते हैं और जो सत्य, सौन्दर्य और मानवीय भाईचारे के महान गणतन्त्र की नींव रखते हैं। हमें केवल अपने राष्ट्रीय लक्ष्यों की प्राप्ति के लिए ही कार्य नहीं करना है, भले ही वे कितने महान और व्यावहारिक क्यों न हों, बल्कि उस आध्यात्मिक जीवन के चमत्कारिक प्रभाव से राजनीतिक और आर्थिक संसार के झगड़ों को खत्म करने के लिए भी कार्य करना है, जो कठिनाइयों के बावजूद हममें भाईचारे और अपने महान उद्देश्य के प्रति निष्ठा की भावना को जन्म देता है। संसार में जो कुछ भी अच्छा और महान् है, हमें वह उत्तराधिकार में प्राप्त हुआ है। यूनानी विचारकों और नाटककारों से हम बहुत कुछ सीख सकते हैं। रोम के कानून ने मार्गदर्शन के अधीन, भूमध्यसागर के देशो में एकता की स्थापना की और अब सारा संसार कानून की आज्ञा के अधीन अपने को लाने की आकांक्षा रखता है। इसराईल ने तीन कर्मकांडी धर्मों को जम्म दिया, पूर्व के धर्म मनुष्य के काया-पलट की आवश्यकता पर बल देते हैं। भारत में आर्य, द्रविड़, हिन्दू, बौद्ध, मुस्लिम, ईसाई और यहूदी सब मिलकर रहे। भारत के निवासी यदा-कदा

आने वाली बाधाओं के बावजूद एक परिवार के सदस्यों के समान मिल-जुलकर रहते हैं। क्या यह नीति आधुनिक विश्व की आवश्यकताओं के अनुरूप नहीं है? अशोक के 12वें शिलालेख पर अंकित इसके एक महत्त्व-पूर्ण सिद्धान्त 'समवाय एव साधु' के अनुसार भारत में इसके इतिहास के आरम्भिक काल से ही अन्तरसांस्कृतिक और अन्तधार्मिक सहयोग होते आ रहे हैं। समवाय ही श्रेष्ठ मार्ग है। यह दृष्टिकोण धीरे-धीरे फैल रहा है। बैटिकन द्वारा गठित द्वितीय एक्युमेनियल कौंसिल ने भी ऐसे ही सहयोग का समर्थन किया था। विश्व के अनेक विश्वविद्यालयों में विश्व के धर्मों के सहानुभूतिपूर्ण अध्ययन के लिए विभाग खोले गए हैं। राममोहन राय, रवीन्द्रनाथ ठाकुर, महात्मा गांधी और जवाहरलाल नेहरू सार्वभौम व्यक्ति थे। वे एक ऐसी विश्व-संस्कृति के विकास में विश्वास रखते थे जिसमें विभिन्न संस्कृतियों को मिटाने के बजाय उनकी महत्त्वपूर्ण विशेषताओं को समाहित किया गया हो। वे संसार को दुःखदायी टुकड़ों में बंटा हुआ नहीं देखना चाहते थे।

मनुष्यों में आपसी झगड़ों का अंकुर उस पद्धति से पैदा होता है जिसके अनुसार विभिन्न समूहों के व्यक्ति दूसरों के सम्बन्ध में अपनी धारणा बना लेते हैं। कर्तव्य और न्याय के अपने आदर्शों को दूसरों में श्रेष्ठ समझते हैं। ऐसे वैचारिक संघर्ष अपने बुनियादी मूल्यों की रक्षा में हिंसा को जन्म देते हैं। विभिन्न व्यवस्थाएं अपना पृथक् अस्तित्व रखती हैं, वे विपक्षी नहीं हैं, पुरक हैं, परस्पर-विरोधी नहीं हैं, वे मिलजुलकर रह सकती हैं और उन्हें मिलजुलकर रहना चाहिए। इसका अर्थ यह है कि हमें दोनों में से किसी भी एक शक्ति-संगठन के साथ, जिनके कारण सारा संसार दो ध्रवों में विभाजित हो गया है, अपने को नहीं जोड़ना चाहिए। सशस्त्र गुटबन्दी के खिलाफ नेहरूजी का विरोध शान्ति के प्रति उनकी गहरी आस्था का सूचक है। इसका अर्थ यह नहीं है कि स्वतन्त्रता और अत्याचार के बीच भी तट-स्थता बनाये रखी जाए। इसका अर्थ है वह स्वतन्त्रता जिसमें प्रत्येक विषय पर उसके गुण-दोष के आधार पर निर्णय किया जाए। उन्होंने पंचशील के रचनात्मक सिद्धान्त द्वारा गुट-निरपेक्षता के अभिप्राय को स्पष्ट किया। शान्तिपूर्ण सह-अस्तित्व के पांच सिद्धान्तों में राष्ट्रों के आत्मा-अनुशासन का

आह्वान किया गया है।

युद्धों का आरम्भ किसी राष्ट्र की बेईमानी के कारण न होकर अन्तर्राष्ट्रीय अराजकता की स्थिति के कारण होता है। अतीत के अनुभवों ने हमें युद्धों का मुकाबला करने के लिए सतर्क रहना सिखा दिया है। युद्ध छिड़ जाने पर लोगों की मानसिक स्थिति अत्यन्त दयनीय हो उठती है। जनसामान्य हमेशा ही दब्बू, मूर्ख और गूंगा होता है। अराजकता की स्थिति में, हम झगड़ों को निपटाने के लिए युद्ध में कूद पड़ते हैं। भयानक से भयानक युद्धों में भी कुछेक विजयी और पराजित लोग युद्ध की विभीषिकाओं से बच निकलते हैं। आज आणविक हथियारों के प्रयोग से दोनों ही पक्षों के और उनके सहायक लोगों के नेस्तनाबूद होने की आशंका है। बढ़ते हुए हथियारों की होड़ की विभीषिका के तथाकथित सन्तुलन से किसी हद तक संयमित किया जा रहा है। हम यह जानते हैं कि यदि हथियारों की होड़ को रोका न गया तो सारी मानवजाति आणविक विनाश में स्वाहा हो जाएगी।

यह चिन्ता का विषय है कि आणविक हथियारों का परीक्षण आज भी जारी है। पहले के कुछ मौकों पर हम आणविक विनाश से मुश्किल से ही बच सके हैं। क्यूबा में, राष्ट्रपति कैनेडी और खुश्चेव के धैर्य और प्रतिभा के कारण ही आणविक युद्ध को टाला जा सका। राष्ट्रपति आइजन हावर ने बताया था कि यदि 1953 में कम्युनिस्ट युद्धविराम समझौते पर हस्ताक्षर करने के लिए सहमत न होते तो संयुक्त राज्य अमेरिका ने कोरिया-युद्ध में आणविक हथियारों का प्रयोग कर दिया होता। राष्ट्रपति आइज़न हावर को इस निर्णय पर पहुंचाने वाले प्रेरक कारण कौन-से हैं? "···यह हमारे लिए असह्य था कि केवल हमारे ही देश के 135,000 सैनिक युद्ध में घायल हुए और लोग पुलिस कार्रवाई के समान ही कोई छोटी-मोटी कार्रवाही करने की बात कर रहे थे। हम यह कहते हुए खड़े नहीं रह सकते थे कि दिन-ब-दिन नये-नये सैनिक घायल होते जा रहे हैं और कुछ भी हासिल नहीं किया जा रहा है।"

लगता है कि हमें यह भी नहीं मालूम कि हमपर कैसा खतरा मंडरा रहा है और हम जी भी पाते हैं या नहीं। हमें मालूम है कि वियतनाम के

लोगों के साथ क्या हो रहा है। इस 'पवित्र' युद्ध में लोगों का संहार हो रहा है। लोगों के हृदय और मस्तिष्क की लड़ाई खून से नहीं जीती जाती। आशा है कि शान्तिप्रिय देशों की कोशिशें, कि युद्ध में उलझे गुटों को सम्मेलन की मेज पर लाया जाय, रंग लाएगी।

1954 से ही नेहरूजी ने आणविक परीक्षणों के खिलाफ आवाज़ उठानी शुरू कर दी थी। आणविक हथियारों के विस्तार को तत्काल रोकने के लिए कदम उठाना अत्यन्त आवश्यक था। सितम्बर, 1963 में आणविक शस्त्रों के परीक्षण पर रोक लगाने के लिए की जाने वाली सन्धि पर हस्ताक्षर होने से ऐसी आशा होने लगी है।

निरन्तर युद्धों के विश्व के इतिहास की इस त्रासदी का मूल कारण है शक्ति की राजनीति। इसकी जड़ें मनुष्य की दानव-प्रकृति में अन्तर्निहित हैं। संसार आज अपनी आरोग्य-शक्ति के अभाव में थका-हारा और वर्तमान कठिनाइयों के जाल से बाहर निकल आने को छटपटा रहा है। ऐसे अंधकार पूर्ण युग में जब त्रासदी हाथ धोकर हमारे पीछे पड़ी हो, केवल विश्व के प्रति निष्ठावान स्वतन्त्र आत्माएं ही हमारा उद्धार कर सकती हैं। इस प्रकार के सम्मेलनों के साथ जीवन के नये रचनात्मक चरण की शुरुआत की जानी चाहिए। हमें यह स्वीकार करना चाहिए कि दुनिया की इस हालत के ज़िम्मेदार लोग हम हैं। विश्व के विभिन्न प्रभुसत्ता-सम्पन्न राष्ट्रों के पुरुषों और स्त्रियों को यह प्रशिक्षण दिया जाना चाहिए कि विश्व-नागरिकों के रूप में वे किस प्रकार का जीवन व्यतीत करेंगे और जब राष्ट्रीय हितों और अन्तर्राष्ट्रीय समुदाय के बीच संघर्ष हो तो उन्हें अन्तर्राष्ट्रीय समुदाय का साथ देना चाहिए। वर्तमान संसार उस आदर्श संसार के निर्माण के लिए कच्ची सामग्री का काम करेगा।

हम शस्त्रों के ढेर को निरन्तर बढ़ाकर अपने स्वार्थी उद्देश्यों, संकीर्ण राष्ट्रीय हितों का ही समर्थन करते हैं। गांधीजी ने अपने उद्देश्यों और कार्यों से हमें सिखाया कि अन्तर्राष्ट्रीय जीवन में साहस, विश्वास और आत्म-संयम उतने ही प्रभावशाली हैं जितने आणविक अस्त्र। उन्होंने तपस्या के द्वारा एक नये प्रकार के वीरतापूर्ण नेतृत्व को जन्म दिया। जवाहरलाल

नेहरू के जीवन और कार्यों के प्रति इससे बड़ी श्रद्धांजलि अर्पित नहीं की जा सकती कि भय और घृणा के इस संसार को, जो झगड़ों को जन्म देता है और युद्ध की आग को भड़काता है, मुक्त करने के लिए हम जी-जान से जुट जाएं।

●●●